ハロウィン・メイズ〜ロワールの異邦人〜

欧州妖異譚23

篠原美季

white heart

講談社X文庫

目次

CHARACTERS

ユウリ・フォーダム
イギリス貴族の父、日本人の母の下に生まれる。霊や妖精《ようせい》が見えるなど、不思議な力を持っている。
シモン・ド・ベルジュ
フランス貴族の末裔《まつえい》。実務に優れた美貌《びぼう》の貴公子。ユウリの親友で現在はパリ大学に在学中。

コリン・アシュレイ
豪商アシュレイ商会の秘蔵っ子。傲《ごう》岸《がん》不《ふ》遜《そん》で博《はく》覧《らん》強《きょう》記《き》。特にオカルトには強く興味をひかれている。
アンリ・ド・ベルジュ
ユウリの家に居候しているシモンの異母弟。ユウリの一つ下だが、背格好のため年上に見られる。

イラストレーション／かわい千草《ちぐさ》

ハロウィン・メイズ～ロワールの異邦人～

序章

「よいせ《オップラ》」

声をあげながら、庭師は大きな植木鉢の縁を持って移動する。

フランス。

ロワール河流域に建つ広大な城で長年庭の手入れに携わっている彼は、親方の命令を受けて、新たな庭園造りに着手したところだった。

初秋の宵。

すれ違う仲間の顔も判別しにくくなる時間帯に、彼は、彼に任されたエリアを一所懸命整えていく。

と――。

新たな植木鉢を持って振り返った庭師の前に、一人の女性がいた。

なんとも奇妙な恰好《かっこう》をした女性だ。時代錯誤としか思えない裾《すそ》の長いドレスを着て、髪を高く結い上げている。しかも、ドレスの裾を軽くたくしあげ、下を向いてなにかを捜している様子だ。

「おやまあ《ディウ》、びっくら《ケル》こいた《シュルプリズ》！」

声をあげた庭師が、尋ねる。

「あ～、奥様《マダム》。捜しものですか？」

だが、返事はなく、庭師は重ねて申し出る。

「なにを捜しているか言ってくださりゃ、私も気をつけるようにしますよ？」

それでも返事をしない相手に、「聞こえていないのか？」と呟《つぶや》いた彼が、大きな声で
「マッダ～ム」と話しかける。

「ねえ、なにをお捜しで⁉」

すると、そこに至ってようやく顔をあげた女性が、だが、彼を見ず、どこか遠くを見るような目をしたまま、スッと流れるように移動してきて、さらに庭師をすり抜けるように通り過ぎながら、囁《ささや》いた。

「私の耳……」

次の瞬間。

ふっと。

女性の姿が掻《か》き消《き》える。

思えば、最初から変だった。

こんな夕暮れ時の、しかも造園中の泥だらけの場所に、あんな着飾った女性が来るはずがない。

しかも、服装があれだ。

今どき、仮装大会でもなければ、あんな服は着ないだろう。

それになにより、女性が夕闇《ゆうやみ》に溶け込むように消え去る寸前、庭師はゾッとするような冷気が肌に触れるのを感じた。

「ひえ」

庭師が、奇妙な声をあげる。同時に、重い植木鉢を下におろし、へなへなとその場に座り込んだ。

自分がなにに遭遇したか、無意識に理解したせいである。

「ひええ」

ふたたび庭師が声をあげる。

あげながら、胸の前で十字を切り、「天にまします《ノートル》我らの父よ《ペールキエオシュ》！」と唱える。

そんな彼の頭上では、巣に戻るためにか、カラスがカアカアとうるさいくらいに鳴き叫んでいた。

第一章　動き出す人々

1

東京某所。

秋の陽射《ひざ》しが降り注ぐリビングで、ユウリ・フォーダムは、二歳になる弟のクリスが白い画用紙を広げ、そこにクレヨンで写実的なのか抽象的なのかよくわからない絵を描きあげていくのを、優しい眼差《まなざ》しで見守っていた。

煙るような漆黒の瞳《ひとみ》。

黒絹のようにつややかな髪。

東洋風の顔立ちは決して人目を引くほど整っているわけではなかったが、全身から立ちのぼる清らかさのようなものが、「ユウリ・フォーダム」という存在に浮き世離れした美しさを与えている。

彼は現在、ロンドン大学の学生で、ふだんはロンドン北部のハムステッドにある屋敷《やしき》に住んでいるのだが、秋休みにあたる「リーディング週間」に入ったところで、ケンブリッジ大学で教鞭《きょうべん》を執る英国子爵の父親とともに、子育てのために日本で暮らす母親のもとを訪れていた。

ちなみに、日本での拠点は二ヵ所あり、以前から住んでいる京都の一軒家に加え、東京にもマンションを所有しているため、今回はそこに日本の大学院に通う姉のセイラも合流し、久々に家族揃《そろ》っての休日を満喫している。

とはいえ、今日に限っていえば、父親は都内で開かれる学会に出席するために家を空けていて、母親と姉はランチとショッピングに出かけてしまっている。

体よく子守を押しつけられた形のユウリではあったが、瞬く間に成長していく年の離れた弟との繋《つな》がりを大事にしたいというのがあって、このなんてことない静かな時間を大いに楽しんでいた。

薄茶色のやわらかそうな巻き毛。

輝く金茶色の瞳。

愛らしさの中にも知性と高雅さを秘めたクリスは、ユウリと比べ、明らかに英国人の父親の影響が色濃く出ていて、祖父の代の親戚《しんせき》からは、父親の子供時代にそっくりだと喜ばれている。

（ホント、天使……）

ユウリの場合、ごく身近に大天使のように神々しい存在がいるし、もっと言ってしまえば、さまざまな事情により、本物の天使に遭遇する機会も多いのだが、クリスに対する愛《いと》おしさは、それらとはまったく性質を異にするものであった。

（真面目《まじめ》な話、目に入れても痛くないんじゃないかな……）

そんなことを思いながらユウリが頬杖《ほおづえ》をついて飽くことなくクリスを見ていると、ふいにテーブルの上に置いてあった携帯電話が短くメールの着信音を鳴らした。

ハッとしたユウリが、手に取って画面を開く。

そんなユウリの仕草を、今度は弟のクリスが、手を止めて見あげた。

しかも、どうやら兄の意識が自分から逸《そ》れたのが不満らしく、ややあって、手を伸ばしてユウリの邪魔をしようとする。

その幼い仕草がまた可愛《かわい》らしく、ユウリは小さな手を摑《つか》んで揺らしながらメールの送り主を見た。

ふだん、あまり携帯電話を手にしないユウリだったが、明日にはある目的のために京都に行くし、数日後には、友人を訪ねてフランスに移動することになっているため、急な予定変更にも応じられるよう、メールだけはまめにチェックするようにしていた。

だが、予想に反し、そのメールはフランスからでも京都からでもなく、ユウリが考えもしなかった人物からのものだった。

（――アレックス？）

ユウリは首を傾《かし》げてメールを読む。その間も、幼いクリスとの他愛ない攻防は続いている。

アレックス・レントは、もともと父親同士が知り合いで、小さい頃から可愛がってもらっていた年上の友人だ。

ただ、彼が社会人となった昨今は、こうした連絡も途絶えがちであった。

そのアレックスが、なんの用でメールをしてきたのか。

内容を読み終えたユウリは、思わず「う～ん」と唸《うな》る。久しぶりであるわりに、そこに書かれていることは、かなり難易度の高い頼み事であったからだ。

曰《いわ》く。


やあ、ユウリ。元気にしているか？

それはそうと、至急、アシュレイに連絡を取りたいんだが、なんとかならないか？

君なら、連絡先がわかるのではないかと。

ある人物が、連絡を取りたがっていると伝えてくれるとありがたい。

ちなみに、僕が知っているアシュレイの連絡先は、使い物にならない。

そのことで、僕が文句を言っていたとも、伝えてくれ。

頼んだよ。

それとは別に、今度食事でもしよう。

奢《おご》るから。


永遠に君の兄であるアレックス・レントより

ている。

その頃には、痺《しび》れを切らしたらしいクリスが、向かいの席からやってきて隣の椅子《いす》にのぼり、ユウリの肩に摑まって携帯電話を取り上げようとしたため、ゆらゆらと画面が揺れている。

ユウリは小さく呟《つぶや》いた。

「そうか、アシュレイね」

それをなすがままにしておいて、逆の手でクリスが転げ落ちないよう支えながら、ユウリはしばらく考える。

コリン・アシュレイ。

ユウリやアレックスと同じイギリス西南部にある全寮制パブリックスクール「セント・ラファエロ」の卒業生で、ユウリにとっては一つ年上の先輩、アレックスには二つ後輩にあたる人物だ。

豪商「アシュレイ商会」の秘蔵《ひぞ》っ子《こ》と言われ、悪魔のように頭が切れるうえ、その博覧強記ぶりは大学教授をも唸らせるものがある。

性格は、傍若無人で傲岸不遜《ごうがんふそん》。

人を翻弄《ほんろう》することにかけては右に出る者がないほどであるが、蠱惑的《こわくてき》でカリスマ性があるため、人を足蹴《あしげ》にしたところで熱狂的な信者はあとを絶たない。

だが、あくまでも孤高の人間である彼の連絡先を知る人間はほぼ皆無で、そんな中、なぜかユウリだけが一方的に連絡先を教えられている。

おそらく、アシュレイの場合、科学で解明できてしまう世界には退屈していて、唯一、いまだ多くの謎《なぞ》を秘めた超常現象の類《たぐ》いだけが、好奇心を刺激し、楽しませてくれるのだろう。

そして、かなり早い段階でユウリの持つ霊能力に気づいた彼は、以来、なにかとちょっかいを出してきては、おのれの退屈しのぎにしている。

しかも、そのことは在学中から周知の事実となっていて、なんだかんだ、アシュレイと連絡を取りたい時には、こうしてユウリに仲介を頼んでくる人間が多い。

片や、アレックスは、単純な思考の持ち主で、かつ他人のよいところしか見ようとしない楽天主義だ。その上、なんとも恐ろしいことに、行き過ぎれば無責任にもなりかねないその表面的な善意でもって、彼の中のアシュレイ像は、不器用で自分をうまく表現できない善人ということになっている。

そんなアレックスに対し、敵意はなくとも距離を置いておきたいらしいアシュレイは、しょっちゅう変える連絡先を通知することはなく、懲りもせずに「アシュレイ商会」の代表番号にかかってくるアレックスからの用件次第で、気が向けば連絡を返すというスタンスを取っているという。

そのことを、アレックスは怒っているのだ。もちろん、その場合も悪意などは想定せず、あくまでも「遠慮するな」という意味においてである。

彼らのそのような不可思議な関係性を理解しているユウリは、悩ましく考え続けた。

（……たぶん、無駄だとは思うけど）

アシュレイが連絡を返さないのであれば、それはアシュレイの意思であって、横からユウリが口をはさんだところで、その意思が翻ることはないはずだ。

ただ、こうして頼まれてしまったからには、話を通すくらいはするべきである。結局は当人同士の問題であるとはいえ、伝言ならユウリにもできる。

とはいえ、そこはあのアシュレイだ。

たとえ彼に容認されているユウリといえども、つまらない関《かか》わりを持てば、あとで手痛いしっぺ返しが来る。

付き合いがある分、誰よりもそのことを理解しているユウリが、しばらく悩んだ末、クリスに携帯電話を渡し、代わりにリュックから新たにスマートフォンを取り出して、ぎこちなく画面をスライドした。

そんなユウリを、クリスが驚いた顔で見つめる。

彼にしてみたら、ようやく邪魔モノを取り上げたと思ったら、すぐに別の邪魔モノが出てきたのだから、さもありなんだろう。しばらく手にした携帯電話を見つめたあと、それをテーブルの上に置き、新たにスマートフォンに手を伸ばす。

だが、それは、アシュレイから渡されたスマートフォンで、登録されているのもアシュレイの連絡先ただ一つだ。

さすがに、おいそれと触らせるわけにはいかず、ユウリは、スマートフォンを高くあげながら、クリスに謝る。

「ごめん、クリス。でも、これは他人様《ひとさま》のものだから、触っちゃダメ」

クリスを押さえつつ、片手で慎重に操作し、短いメールを打った。

短くした理由は、一つにはクリスとの攻防があったし、なにより、アシュレイに対してよけいなことを書くと、「貴重な時間を云々《うんぬん》」と文句を言われてしまうからだ。

そこで、ここぞとばかり、挨拶《あいさつ》もなく用件から始める。

アレックスが返事を待っています。

知り合いに、アシュレイと連絡を取りたがっている人がいるとか。

詳細はわからず。

連絡してあげてください。

以上。


一度読み返してから送信し、書いている間、ずっと緊張していた身体《からだ》を弛緩《しかん》させるように大きく息を吐く。たった数行のメールを打っただけなのに、なぜかフルマラソンをしたあとのようにどっと疲れている。

そんなユウリの横顔を、クリスがペチッと叩《たた》いた。

それはユウリを咎《とが》めてというより、ユウリのまわりにいるなにかを叩くような仕草であり、ユウリはふと、クリスには、ユウリがメールを送った相手の正体がわかってしまったのではないかと危惧《きぐ》する。

小さい子供は、知識が乏しい分、恐ろしく勘が働くとも聞く。

そこで、アシュレイから預かっているスマートフォンを急いでしまうと、ユウリはクリスを抱き上げて椅子からおろしながら、言う。

「お腹空《なかす》いたね、クリス。なんか食べようか」

まだ、そこまでしっかりと言葉が話せるわけではなかったが、言っていることは通じたようで、クリスが大きくうなずいてユウリの手を引っぱった。

そこで、ユウリは母親が出かける前に用意しておいてくれた食事を温めるために、キッチンに立つ。

ほどなくして、二人仲よくお昼の時間と相成った。

2

フランス。

ロワール河流域に建つベルジュ家の城では、暖かい秋の一日となったこの日、双子の姉妹であるマリエンヌとシャルロットが、四角い籠《かご》にガラクタを詰め込んで、西に向かう道を歩いていた。

ヨーロッパの名門貴族の末裔《まつえい》であるベルジュ家は、今や世界中にそのブランドを展開する大企業の経営者一族で、彼女たちは、いわば「深窓の令嬢」である。

美しい白金髪《プラチナブロンド》。

サファイアのように輝く青い瞳。

ただし、「深窓の令嬢」というのが、世間のことをなにも知らず、箸《はし》より重いものを持ったことがない、風が吹けば飛んでしまうような存在と思ったら大間違いだ。

むしろ、やりたいと思ったことはなんでもできる恵まれた環境において、好奇心の赴くままに料理もすれば日曜大工もやるし、格闘技やおかしな趣味にはまる者もいる。

そして、マリエンヌとシャルロットにも、彼女たちならではの趣味があった。

「ホントにねえ」

　農場で働く人が着るようなチェック柄の厚手のシャツに胸当て付きのジーンズ、足下は武骨な長靴という出で立《いた》ちでマリエンヌが言い、色違いのシャツを着たシャルロットが鸚《おう》鵡返《むがえ》しに言う。

「ホントによ」

　それから、阿吽《あうん》の呼吸で会話する。

「お父様ったら、なにもわかっていらっしゃらない」

「それを言ったら、お母様もよ」

「そうそう」

「ハロウィーンはお祭りなのに」

「ええ、お葬式じゃない」

「ご先祖様だって、しんみりしたつまらない式典より、きっとお楽しみ満載の前夜祭に来たがるわ」

「それだというのに、仮装がよくて、なんで宝探しは駄目なのかしら」

「たしかに」

　つまり、彼女たちの趣味とは、ずばり「宝探しゲーム」である。

　宝物になりそうなものを埋め、それをみずから発掘したり、誰かに発掘させたりするのを楽しむ、手間と時間がかかるわりに、なんてことないものだった。

おしゃべりしながら西側の敷地に新しく増築された建物の前に辿《たど》り着《つ》いたところで、持っていた荷物をいったん下ろし、シャルロットが続ける。

「まあ、私たちにも、反省すべき点は多々あるけれど」

「そうね」

認めたマリエンヌが、言う。

「前回、私たちが掘りかけていた穴に庭師が落ちて、捻挫《ねんざ》したというハプニングがあったし」

「あれは、まずかったわね」

「たしかに、まずかったわ」

「それに、おもちゃの指輪と間違えて、何万ユーロもする家宝の指輪を埋めてしまい、後日、家族と使用人が総出で庭を掘りかえすということもあったわね」

「ああ、あの時は、さすがにお母様も怒って」

「シモンお兄様は、呆《あき》れ果《は》てて、しばらくは口もきいてくださらなかった」

「つらかったわね」

「つらかったわ」

世間の常識からするととんでもない失敗談をなんてことないように思い返しつつ、彼女たちは腕を組んで首を振る。

「でも、だからといって、宝探しを封印しなくたっていいと思うのよ」

「賛成。子供たちだって、ただ訳のわからない呪文《じゅもん》を唱えてお菓子をもらうより、自分たちが苦労して掘りかえした末にお菓子の袋を見つけたほうが、同じ焼き菓子でもまったく価値が違うわけだし」

「そうよね」

「だから、ここは一つ」

「叱《しか》られるのは覚悟の上で」

そこで顔を見合わせ、にっこり笑って結論をくだす。

「隠しましょう」

「宝物の数々を」

「ついでに、秘密の目印も」

「ああ、楽しい」

「ワクワクするわね」

一人が建物の扉を開け、もう一人が籠を持って中に入り、今度は立場を変えて荷物を中に入れていると、ふいに背後から声をかけられた。

「――これは、双子のお嬢様がたではありませんか！」

振り返ると、この城の庭師の親方が近づいてくるところだった。広大な城の庭は、この男の指示のもと、数人の庭師によって管理されている。

「あら、ガルデールさん。ごきげんよう」

シャルロットが言って、すぐさまマリエンヌが「ごきげんよう」と続けた。

「やあ、どうも」

帽子を取って挨拶を返したガルデールが、二人が抱えている荷物を見て、不思議そうに訊《き》く。

「それで、お嬢様がたは、こんなところでなにをなさっているので?」

それに対し、顔を見合わせたマリエンヌとシャルロットが、クスッと笑って答えた。

「秘密よ」

「そう、秘密」

「これから、この新しいお庭に細工を施すの」

「施すといっても、もちろん植物をいじったりはしないわ」

「そうそう。素人だもの」

「ただ、隠したり、埋めたり」

「埋めたり、隠したり」

同じことを、順序を変えて言った二人をもの珍しげに眺めてから、さらに籠に入ったカボチャ灯籠《どうろう》に視線を移し、ガルデールが「ははん」と推測する。

「ということは、今流行《はや》りのハロウィーンの余興かなにかで？」

「まあ、そうね」

「少なくとも、このカボチャは、隠さず埋めず、どこかに飾ることになるわ」

「あくまでも飾り」

「そりゃ、いいですね。ご要望があったので、すでにいくつか飾りましたが、多いに越したことはない」

それは、嘘《うそ》である。

庭師としては、せっかく細心の注意を払ってバランスよく整えた場所に変な細工はしてほしくなかったが、そこは、相手が雇い主の家の子供たちであれば、好きにしてもらうしかなく、ガルデールは笑顔を絶やさず、「ああ、荷物を持ちましょう」と申し出る。そのあたり、彼も慣れたものである。

籠を両脇《りょうわき》に抱えて運びながら、ガルデールが思い出したように言う。

「そうそう、ハロウィーンといえば、ちょっと気になる話を耳にしまして、お父上にご報告するかどうか、迷っているんですよ」

「あら、なあに？」

「私たちでよければ、聞くわよ？」

気前よく応じたマリエンヌとシャルロットに、ガルデールが尋ねる。

「それは、ありがたいお言葉で、それなら遠慮なくお話ししますが、――ちなみに、お二人は、幽霊の存在を信じていますか？」

「幽霊《ファントム》？」

「幽霊《ゴースト》！」

母国語と英語で口々に繰り返した二人が、すぐさま肯定する。

「もちろん、信じているわよ」

「そうね」

「でなきゃ、ハロウィーンをやる意味がないもの」

「たしかに」

「幽霊のいないハロウィーンなんて、選手のいないサッカーのようなものだから」

「サッカーボールも、それを蹴《け》る選手がいてこそ存在価値があるように、カボチャ灯籠だって、それを手にする幽霊がいてこそ――ってことね」

「そのとおり」

止めなければ永遠に続きそうな二人の会話を、ガルデールが口をはさんで止める。

「――なんでもいいですが、実は、庭師の一人が見たらしく」

それに対し、パッと顔を輝かせた二人が、嬉々《きき》として確認する。

「見たって」

「幽霊を？」

「ぶっちゃけ、そうなんです。――もっとも、見たというより、遭遇したというほうが正確かもしれませんが」

「でも、どっちにしろ、そこに幽霊がいたのよね？」

「気配とかではなく、実体として」

「実体というか、幽体なんでしょうけど、でも、彼が嘘をついているのでなければ、いたことになります」

「やったわね！　完璧《エクセラン》！」

「完璧《パルフェ》！」

話の真偽を疑うこともせず、マリエンヌとシャルロットが嬉《うれ》しそうに応じたので、どこかホッとした様子の庭師の親方が、改めて訊く。

「それで、私としては、そのことをお父上にお話ししたほうがいいのかどうか、迷っていましてね。なにか問題が起きてからではまずいでしょうが、かといって、これが作り話だった場合、よけいなお手間を取らせてご迷惑をかけることになってもよくないですから」

「あら、言わなくて大丈夫よ」

マリエンヌがあっさり言い、シャルロットも「ええ」とうなずいて続ける。

「まったく問題ないわ」

「そうなんですか?」

「そうよ」

「だって、この城には、もうすぐ『ゴーストバスター』が来るから」

「そう、来るから」

「……『ゴーストバスター』?」

その違和感たっぷりの単語を取り上げ、庭師の親方が訝《いぶか》しげに訊き返す。

「もう、そんなものまで手配したんですか?」

つまり、彼が悩むまでもなく、幽霊のことは雇い主に伝わっていたことになる。

いちおう、目撃した男には口止めしておいたのだが、やはり人の口に戸は立てられないということなのだろう。

「そうね」

「手配というか、もともと来ることになっていたというか」

「――もともと?」

代わる代わるなされる二人の発言に対し、庭師の親方が言う。

「でも、そもそも『ゴーストバスター』なんて、そんなことをやっている人間が、本当にこの世にいるんですか?」

彼にとって、「ゴーストバスター」というのは、あくまでも、かつて一世を風靡《ふうび》したハリウッド映画の中の登場人物の職業でしかない。

それが、現実にそんなものがいるとは、にわかには信じがたいことである。

マリエンヌとシャルロットが、顔を見合わせてうなずく。

「ええ、いるわ」

「そうね、いるわよ」

「――つまり、その方は、幽霊を退治するのを職業としていらっしゃる？」

庭師の親方の確認に、二人はいっせいに否定する。

「いいえ」

「職業ではないわね」

「職業ではなく、趣味？」

「じゃなきゃ、宿命？」

庭師の親方が、驚いて訊き返す。

「趣味で、幽霊退治をなさるんですか？」

「まあ、絶対に退治しているとは言い切れないけど」

「でも、これまでにも、何度かわが家の危機を救ってくれたし」

「金の卵を産むガチョウをくれたこともあったわね」

「――金の卵を産むガチョウ？」

一瞬笑いかけた庭師の親方であったが、ふと、少し前に、大雨が降った翌日、庭を掃除していた下働きの少年が、卵形の金塊を見つけてちょっとした騒ぎになったことがあったのを思い出す。

正直者の少年が申し出たところ、ベルジュ伯爵は、それを換金し、気前よくその少年に渡したと聞いている。少年の母親が長患いで入院し、少年が進学もせずに働いているのを知っていたからだ。

それからしばらくは、庭掃除に励む人間があとを絶たなかったが、結局、少年のような幸運に恵まれた者は他におらず、すぐに元どおりの状態が戻ってきた。

庭師の親方は、双子の話を真面目に受け止めていいのか、冗談とするべきなのか、判断がつかないまま言う。

「それはすごいですね。――で、その方は、フランスの方なんですか？」

「いいえ」

否定したマリエンヌに続き、シャルロットが説明する。

「いつもはロンドンに住んでいて、今回は日本からわざわざ来てくれるのよ」

「ロンドン、ですか」

庭師の親方は、そこで少し納得する。

イギリス人というのはとにかく幽霊が好きで、魔法学校を舞台にした物語を世界中でヒットさせてしまうようなお国柄だ。

つまり、一連の会話は、やはり冗談だったということなのだろう。

大人をからかうとはいかがなものかと思うが、愛らしい二人との会話はそれなりに楽しかったので、それでよしとする。

また、仮に、今までの話が本当であった場合はどうかというと、彼としては、幽霊なんかのために高い航空券まで用意して、わざわざイギリスから霊能者を呼びつける必要があるのかどうか、それが、甚だ疑問であった。

それくらいなら、愛する家族を連れて旅行でもしてきたほうがいい。

（まったく、酔狂な……）

どちらであれ、それが彼の感想だ。

古今東西、お金持ちの考えることは、庶民にはとうてい計り知れないものがある。

そこで、彼は、この件には関わらず、きれいさっぱり忘れることにした。

金の卵が転がっているような城であれば、幽霊の一人くらいいたところでなんの問題もないと判断したのだ。

庭師の親方は、マリエンヌとシャルロットに別れを告げると、その場を離れ、午後の仕事へと戻っていった。

3

英国東部。

ピューリタン革命の立て役者、クロムウェルにゆかりのある町ハンティンドンにある古い旅籠《はたご》を改装したパブで、コリン・アシュレイはビールを片手にペーパーバックの本を読んでいた。

長身痩軀《そうく》。

全身黒ずくめで、長めの青黒髪を首の後ろで緩く結わえ、底光りする青灰色の瞳で文字を追う。

派手にならない程度にハロウィーンの装いがされ、地元民や観光客で賑《にぎ》わうパブにおいて、その姿は孤高で堂に入っていて、とてもではないが二十代の青年が醸し出す落ち着きとは思えない。かつてこの場に「鉄騎兵《アイアンサイズ》」として怖《おそ》れられたクロムウェルの精鋭軍の本部があったことを思えば、その時の幽霊が座っていると勘違いされてもおかしくはなかった。

あるいは、季節柄、どこからか漂い出た悪魔か。

と——。

ざわめく店内で、なんとも恐る恐るといった調子の呼び声があがる。

「――えっと、コリン・アシュレイさん？」

アシュレイが顔をあげると、そこに「ザ・平凡」といった風情の青年が立っていた。

中肉中背で典型的なアングロ・サクソンの顔立ち。

黒いズボンに赤いタータンチェックのシャツを着て、その上にジージャンを合わせた恰《かっ》好《こう》も、街でよく見かける取り合わせだ。

一瞥《いちべつ》したアシュレイが、顎《あご》で前の席を指す。

「座れ」という合図であったが、青年にしてみれば、問いかけに対し、ふつうならなされる「そうですけど、そちらは」というお定まりの会話がなかったことでまごつき、立ったまま、「……あの、僕は」と勝手に自己紹介を始めた。

「ニック・ポトマック――」

だが、みなまで言わせず、アシュレイが高飛車に返した。

「知っている。待ち合わせしたんだからな」

「……はあ」

数日前にユウリからのメールを受け取り、アシュレイがしかたなくアレックスに連絡をしたところ、現在、一緒に働いているこの「ニック・ポトマック」なる人物が、旧家にあった本のことで「コリン・アシュレイ」に連絡を取りたがっていると聞かされた。

ただ、アレックスと関わる時はいつもそうだが、詳細がはっきりせず、相手の素性もよくわからない。付き合いの広いアレックスが、個々人の事情には無頓着《むとんちゃく》で、表面的なことしか見ない結果であるといえよう。

要するに、底が浅いのだ。

最初こそ無視するつもりでいたアシュレイだが、現在、若干暇であるのと、ユウリが介在してきたことで、気を変えた。いざという時は、介在したことに責任を取らせ、ユウリを巻き込むことができるからだ。

なんといっても、季節柄、ユウリのそばでは、なにかしら超常現象が起きたとしてもおかしくはない。

あるいは、この一件も、すでにそんな流れの一端かもしれないと思ってのことである。

これまでの経緯を思い返しつつ、アシュレイは、無意識に窓に描かれた魔女の絵を眺めた。

その間、一度は素直にアシュレイの前の椅子に腰かけたポトマックだったが、すぐに立ちあがると、カウンターにビールを注文しに行き、なみなみとビールの注がれたグラスを片手に戻ってきて、すぐに半分ほど飲み干した。どうやら、喉《のど》がカラカラになっていたようである。

視線を戻したアシュレイが、「一つ」と訊く。

「わからないことがあるんだが、なぜ、俺なんだ?」

この凡庸な男とアシュレイの接点は、今のところ見つかっていない。

「ああ」

口のまわりについた泡を手で拭《ぬぐ》いつつ、ポトマックが説明する。

「実は、大学時代の友人の従兄弟《いとこ》が君と同じパブリックスクールの出身で、彼曰く、君とは一時期懇意にしていたって」

「懇意?」

「そう。寮《ハウス》は違ったそうだけど、それなりに親しかったと言っていた」

それは、どういう意味で親しかったのか、想像に難くない。

なにせ、あの時期、ユウリという特異な存在を見いだすまで、アシュレイは、全寮制の悪《あ》しき風習に則《のっと》り、かなり乱れた生活を送っていたからだ。

くだんの人物の名前を聞く気にもならなかったアシュレイに対し、ポトマックがすまなそうに謝る。

「ごめん。今、ちょっと、そいつの名前を思い出せないんだけど、必要なら、友人に確認する」

スマートフォンを取り上げて言われたことに対し、アシュレイが即座に断る。

「必要ない。——続けろ」

「……ああ、うん」

気圧《けお》されたようにスマートフォンをテーブルに置いたポトマックが、「えっと、それで」と話し出す。

「友人の従兄弟の話だと、稀覯本《きこうぼん》について知りたいなら、君に相談するのがいいのではないかということだったんだ。——君、本のことに、すごく詳しいそうだね？」

半信半疑の口調で確認するが、アシュレイの反応がうなずくでもなく片眉《かたまゆ》をあげただけであったため、慌てて「ただ」と話を続けた。

「卒業して何年も経《た》っていて、彼にしても、現在の君の連絡先はまったくわからず、どうしようかと思っていた矢先、同僚が、以前、『アレックスってアシュレイ商会の子息と知り合いらしいよ』と話していたのを思い出して、彼に仲介を頼んだんだ」

「なるほど」

これで、アシュレイにお鉢が回ってきた理由はわかったので、アシュレイはすかさず本題に入る。

「それなら、その稀覯本というのは？」

「それは、これなんだけど」

言いながら、ポトマックが鞄《かばん》から取り出したのは、麻の布に包まれた一冊の時禱書《じとうしょ》であった。

しかも、表紙に宝飾が施された、かなり立派なものである。

ただし、中身はありきたりな時禱書に過ぎず、アシュレイの食指を動かすほどのものではない。

手に取ってパラパラと眺めたアシュレイは、返しながら尋ねる。

「これの、なにが問題なんだ？」

戻された時禱書の表紙を撫《な》でながら、ポトマックが説明する。

「実は、これ、僕の祖母が受け継いだ遺産の一部で」

「遺産というと、二十世紀後半に没落したフレイザー家の？」

「――そのとおりだけど」

驚いたようにアシュレイを見て、ポトマックが言う。

「なにも言っていないうちから、よく知っているね」

アシュレイについての知識が皆無のポトマックがそう思うのも無理はないが、これはあくまでも序の口だ。

アシュレイが、面倒くさそうに応じる。

「お前のことは知っていると言っただろう」

顔も名前も年齢も、どこに住んでいてどんな家族構成でどんな歴史を持つ一家であるかなど、おおかたの調べはついている。

アシュレイが、「それで？」と話の続きをうながすと、ポトマックはドギマギしながらしゃべり出す。

「えっと、それでもって、今年になり、同じく遺産として相続した館《やかた》の修繕費用を捻出《ねんしゅつ》するために、家財などをいくつか競売に出すことになって、オークション会社に連絡したそうなんだけど、その時、なぜか手違いがあって、この時禱書も一緒に鑑定に出されてしまったんだ」

「――手違い？」

「うん。祖母曰く、この時禱書だけは家宝にするため、自分の目の黒いうちは売りに出す気はなかったそうなんだけど、どうしたわけか、気づいたら、オークション会社の手に渡っていたんだ」

「まさか、それを取り戻したいと？」

アシュレイが疑わしげに尋ねるが、相手は否定した。

「いや。それは、まだオークションが行われたわけではないから、単純に手違いとして引き下げればいいだけの話なんだけど、実は、祖母が話を聞きに行った際、オークション会社の鑑定人から意外なことを言われたらしいんだ」

「意外なこと？」

「そう」

そこで、ビールを一口飲んだポトマックが、奥付のところに添付されている蔵書票を示して説明する。

「彼らが言うには、この時禱書の正式な持ち主は『フランソワ・ルフォール』という人物で、彼からフレイザー家に移管した形跡がないということなんだ。でも、フレイザー家のように由緒ある家柄であれば、絶対に、この時禱書を受け渡しした時にかわした譲渡証明書のようなものがあるはずだから、それを捜して本と一緒に保管しておいたほうがいいということだった」

「理にかなった忠告だな」

「そうなんだろうけど、でも、残念ながら、いくら捜しても、そんなものはなくて」

ポトマックの言葉に、アシュレイがすがめた目を向けて言う。

「ということは、盗品の可能性もあると?」

「いいや。調べてみたら、そういうことでもなく、事情はもっと複雑で」

そこで、残りのビールを飲み干したポトマックが説明する。

「実は、僕が母に言われて祖母の家に譲渡証明書を捜しに行った際、あちこちひっくり返していたら、先祖が書いた古い日記帳が出てきたんだ」

「日記帳ねえ……」

最初はくだらない話に付き合わされている感があり、少々うんざりしていたアシュレイであったが、ここに来て、意外にもなかなかおもしろい展開になってきたと、青灰色の瞳を光らせる。

特に、途中、名前のあがっていた「ルフォール」は、彼の感度のいいアンテナに引っかかるものがあった。

ポトマックが続ける。

「これは、祖母にとっては衝撃的なことで、実際、そのことがわかってからは伏せがちになっているんだけど、どうやら、この時禱書は、十八世紀半ばくらいに生きていたフレイザー家の先祖であるエリオット・フレイザーが、フランスに滞在中に、当時友人として付き合いのあったフランソワ・ルフォールから借り受けたものであったようなんだ」

「ほお」

興味深そうに受けたアシュレイが、「だとしたら」と言う。

「その時禱書の正当な持ち主は、ルフォール家の子孫ということになるわけだ」

「そうなんだよ」

あっさりうなずかれ、アシュレイは片眉をあげてビールのグラスに手を伸ばす。話の流れとしてはおもしろかったが、結論は単純過ぎてつまらない。

ビールを一口飲んだあとで、アシュレイが「で？」と言う。

「そこまでわかっているなら、あとは返せばいいだけのことだと思うが、俺に話を通そうとしたのは、なぜなんだ？」

まさか、フランソワ・ルフォールの直系の子孫を捜してほしいとでも言うつもりか。

だが、その予想も少し違うようだった。

ポトマックが「それは」と答える。

「一つには、ことがことであるだけに、祖母があまり公にしたがっていなくて、できれば、ルフォール家の子孫に直接連絡を取って返したいと言っているのと」

「……ルフォール家の子孫にねえ」

アシュレイが、意味ありげにその名前を繰り返す。

だが、それに気づいた様子もなく、ポトマックが、ここが最も重要だと言わんばかりに
「実は」と付け足した。

「僕にできる範囲で、その『フランソワ・ルフォール』という人物について調べてみたんだけど、どうやら、彼の直系の子孫と思われる人々が、今もフランスに存在することがわかって、さらに、当のフランソワについて、なんとも謎めいた事実が判明したんだよ」

「――謎めいた事実？」

「そう」

うなずいてから、もったいぶって間を置いたポトマックが、「なんでも」と告げた。

「フランソワ・ルフォールは、ある晩、ふっつりと姿を消し、以来、いまだに遺体すら見

つかっていないそうだ。――つまり、二百年以上、行方不明ってことだけど、言い伝えでは、フランソワは、彼が住んでいた城にあった森の迷宮で、人食い鬼に食い殺されたことになっているらしい」

4

京都北部。

世界に名高き観光地と化した古《いにしえ》の都は、昨今、外国人客で溢《あふ》れ返《かえ》り、雑多な印象を否めない落ち着かない場所となっていたが、幸い、これといった名所を持たない閑静な住宅地であるこのあたりは、今もって、かつての雅《みやび》さを保っていられた。

雀《すずめ》のさえずる早朝。

山間部から流れてきた朝霧に包まれ、静謐《せいひつ》な朝を迎えた幸徳井邸《かでい》では、数日間の特殊な滞在を終え、出立の準備に余念がないユウリのことを、先ほどからこの家の跡継ぎである幸徳井隆聖《りゅうせい》が新聞を読みながら時おりチラッと眺めていた。

漆黒の瞳に漆黒の髪。

スラリとした長身と鍛え上げられた精神力で、全身から日本刀のような鋭さを放つ。

典型的な日本人の顔立ちをした隆聖は、ここ京都で千年以上脈々と続く陰陽道《おんみょうどう》宗家の次期宗主であり、修験道の開祖と崇《あが》められる役小角《えんのおづぬ》以来の霊能力者として、実力の面では父親を優にしのぐといわれている。

そんな彼とは従兄弟同士の関係にあるユウリが、生まれながらに飛び抜けた霊能力の保持者であったのも、うなずけるものがあった。

　もっとも、育った環境の違いで、隆聖のように恒常的に厳しい修行をしているわけではないユウリは、昔から雑霊の類《たぐ》いを引き寄せやすく、日本に来た時は、必ず幸徳井家が山間部に持つ修行場において禊《みそぎ》をし、心身ともにリセットすることにしていた。

「特殊な滞在」とは、つまりそのことを指している。

　そのおかげかどうか、もともと清潔感のある美しさを持つユウリであったが、今はまさに、清水より引き上げられた水晶のごとき透明感とつややかさを放っていた。

　そんなユウリを眺める隆聖は、まるで自分の手がけた芸術品を見るように満足げであったのだが、パスポートを確認したユウリが「よし」と小さく呟いてリュックを手に持ったところで、小さく眉をあげ、ついに「なにも好き好んで」と口を開いた。

「死者の待ち構えている場所に行かんでもええのと違うか？」

　基本、京訛《なま》りはあっても標準語を話す隆聖だが、気を抜くとこうして関西弁が顔を覗《のぞ》かせる。

　苦笑したユウリが、応じる。

「そうかもしれないけど、もう約束してしまったし、なにより、幸徳井家のお彼岸や盂蘭《う ら》盆会《ぼんえ》なんかと違って、ロワールの城での『諸聖人の日《トゥーサン》』の式典は、あくまでも形式的なものだから」

「だが、その『形式的』なものに、『実際的』ななにかを呼び込むのが、お前という人間やなかったか?」

ピシャリと返され、ユウリは首をすくめて認める。

「……まあ、それは否定しない」

ユウリの行くところに、超常現象あり。

それは、昔から、ユウリと隆聖の間では暗黙の了解となっていて、京都の霊的守護の一翼を担う隆聖は、ユウリのその特性を活《い》かして、怪異を見つける探知機代わりに利用することが多かった。

「わかっているなら、行くのをやめればええやろ。あんがい、そのほうが、あちらも助かるかもしれない」

そう言われてしまうと、ユウリの心も揺らぐが、やはり今さら断るのはなんだし、なにより、ユウリ自身、少しでもいいから親友であるシモンと過ごす時間を持ちたいと思っている。

シモン・ド・ベルジュ。

名門ベルジュ家の直系長子として生まれ、現在はパリ大学の学生としてパリに拠点を置きつつ、ロワール河流域の広大なお城にも住んでいる。

その存在はといえば、高雅で優美。

時代が時代なら、一国の王として人々の上に君臨し、かつてないほどの善政を行っていただろう逸材だ。

そんなシモンとユウリの出会いは、英国西南部に位置する全寮制パブリックスクールにあり、以来、強い絆《きずな》で結ばれた「親友」と呼べる間柄になっていた。

その関係性は、大学生になり、ロンドンとパリという離れた場所で暮らすようになった今も微塵《みじん》も揺らがず、休みのたびに会う時間を作るよう、互いに心がけていた。

今回は、十一月一日の「諸聖人の日《トゥーサン》」にロワール河流域に建つベルジュ家の城で、一族郎党が一堂に会して行われる先祖供養の式典に、なぜかユウリが招待され、その末席に座ることが許されたのだ。

彼の他に部外者は、シモンの母方の従兄妹《いとこ》であるナタリー・ド・ピジョンだけというから、これは異例中の異例のことといえよう。

どうやら、それには裏の事情があるようだったが、最後に会った時、珍しく口の重かったシモンからは、結局詳しい情報は聞き出せずに終わったため、着いた先でなにがあるかは、正直、ユウリにはまったくわからないことだった。

ユウリが、小さく溜《た》め息《いき》をついて認める。

「たしかに、隆聖の言うとおりかもしれないし、正直、今回に関してだけは、本当に、行くべきか、行かないほうがいいのか、僕にも見当がつかないんだ」

「なら、やめておけ」

「う～ん」

心底悩んでいるように唸ったユウリだったが、最終的に手にしたリュックを肩に担ぎあげ、「でも、やっぱり」と申し訳なさそうに告げる。

「行くことにする」

「そうか」

片眉をあげて応じた隆聖が、「お前が」と言う。

「そう決めたのなら、もう止めたりはせえへんが、そういうのを、世間一般ではなんて言うか知っているか？」

「知らない。──なに？」

「『飛んで火にいる夏の虫』」

「ああ」

その諺《ことわざ》は当然知っていたユウリが、小さく苦笑して応じる。

「そうだね。わかっているつもりだよ」

認めつつも、ユウリにはユウリの言い分があった。

「でも、今回の招待はシモンのご両親のたっての希望でもあるそうだし、よく考えたら、こっちにいたって、結局は人外魔境のものと関わるのだろうから、向こうでなにかあったとしても、やることは一緒だと思わない？」

それには、さすがの隆聖も反論ができなかったようで、小さく肩をすくめると、「じゃあ元気でね」と言って部屋を出ていくユウリに対し、「お前も、気いつけや」と一言応じ、立ちあがることなく見送った。

隆聖に対してああは言ったものの、フランスに向かう飛行機の中で、ユウリはなおも悩んでいた。

5

ちなみに、機内の座席は、ベルジュ家からの正式な招待ということで、ユウリが自力で押さえるエコノミークラスのものとは違い、フルフラットになるうえ、カプセル型の半個室状態で、実にゆったりとくつろぐことができた。

もっとも、英国貴族の子息であるユウリ自身、世間からすれば「セレブの子息」と見なされ、実際、世界的に有名な科学者で、かつその著作が知的啓蒙書《けいもうしょ》として各国でベストセラーとなっている父親からは、飛行機での移動はビジネスクラスにするよう再三言われている。

ただ、まだ若く体力もあり余っていて、しかもどちらかといえば小柄なユウリは、エコノミークラスで十分こと足りるため、親にわざわざ高い料金を払ってもらってまでいい席を取ろうと思わないだけである。

今回の旅では、唯一、人の目を気にせずにいられるという点で、ユウリは格上の座席を用意してもらえたことに感謝していた。

そんな幸せな環境にあるというのに、ユウリの気持ちは若干沈んでいる。

その心をとらえている悩みというのは――。

（本当に、行ってしまっていいのだろうか……？）

もちろん、ユウリは、これまでにも数えきれないくらいシモンの家に行っていて、広大な城の中に数多《あまた》ある部屋の一つには、ベルジュ家の人間が「ユウリの間」と呼ぶものまで存在する。

そうであれば、今さらそんなことで悩む必要はないはずだが、そこには悩むだけのれっきとした理由が存在した。

当然、隆聖が言ったような、霊的雑事が発生することへの懸念などではない。

それならそれで、悩むまでもなくやることは決まっていて、ユウリの持つ力が必要なものがいるなら、そのために全力を尽くすのみである。

そうではなく、ここに来てユウリが逡巡《しゅんじゅん》する理由は、他でもない、ユウリを誘った当人であるシモンの、彼にしては非常に珍しい、なんとも煮え切らない態度にあった。

思い起こせば、ユウリが通うロンドン大学が、秋期休暇である「リーディング週間」に突入する前の十月上旬。

いつものように忙しいスケジュールの合間を縫ってハムステッドにあるフォーダム邸を訪れたシモンは、そこで、なんとも曖昧《あいまい》な申し出をしたのだ。

その時のことを、ユウリは克明に思い出す。

「──そういえば、ユウリ」

遅めのランチのあとで、書斎に場所を移したところで、シモンが切り出した。

「もうすぐ、君たちはリーディング週間に入るだろう?」

「そうだね」

「その際は、今年も、お父さんと日本に行くのかい?」

「うん、今のところそのつもりだよ」

答えながら、ユウリはシモンの顔を見返す。

白く輝く金の髪。

南の海のように澄んだ水色の瞳。

寸分の狂いもなく整った顔は、まさに神の起こした奇跡のようで、秋の陽射しの中、降臨した大天使のように高雅で優美なシモンは、意外にも、そこで「……そうか」とどこか悩ましげに応じた。

そのことを訝しく思いつつ、ユウリが言う。

「でも、もちろん、シモンの予定が合いそうなら、適当な頃合いを見計らって戻ってくるけど……」

「ありがとう。そう聞いて、とても嬉しいよ」

だが、言葉とは裏腹に、シモンの表情はあまり晴れやかとは言いがたい。

不安に思ったユウリが、慌てて付け足した。

「え、なんか、シモン、あまり嬉しそうには見えないんだけど、もし、他に予定が詰まっているなら、無理をせずにそう言ってほしい。別に、絶対にそこで会わなければいけないというものでもないんだし」

大学生も三年目になれば、シモンにだって、新たな付き合いというものが出てくるだろう。こうしていつまでもシモンの予定を独占し続けられるとは、謙虚で奥ゆかしいユウリは微塵も思っていない。

ところが、そんなユウリの気遣いに対し、シモンが水色の瞳を細めて言った。

「おや。僕としては、君とは常に会っていて然《しか》るべきだと思っているけど、今の言い様だと、もしかして、君のほうは違った意見なのかい？」

気を回したつもりが、逆に不満めいたことを言われ、ふつうなら怒ってもいいところであったが、ユウリは当たり前のように同調する。

「ううん、違わないよ」

「本当に？」

「うん」

「なら、よかった」

そうは言ってくれたが、やはりあまり晴れやかな顔つきではないのを見て、ユウリが「ただ」と念を押す。

「今も言ったけど、シモン、さっきからあまり嬉しそうではないし、正直、来てほしくないんじゃないかって……」

「そんなことはないさ」

そこは断言し、シモンが力説する。

「君に会える機会を、つまらない計画のために逃す気はない」

「……それならいいけど」

応じたユウリは、ふと気になって訊き返す。

「――つまらない計画？」

「……ああ、うん」

「そんなものがあるんだ？」

「――ある」

わずかに躊躇《ちゅうちょ》しつつ認めたシモンが、鼻筋の通った優美な横顔を見せながらしばらく考え込み、ややあって「実は」とようやく核心に触れる。

「うちの両親が、『諸聖人の日《トゥーサン》』に行われる一族の式典に君を招待したいそうで、都合を訊くように言われたんだ。その際、できれば、式典の行われる前日か、あるいは前々日くらいから城に滞在できるといいということなんだけど」

「――え？」

　意外だったユウリが、訊き返す。

「式典って、先祖供養の？」

「そう」

「それって、世界各国に散っているベルジュ家の一族郎党が一堂に会するという、とても盛大かつ重要なイベントだよね？」

　ユウリの確認に対し、シモンは「まあ」と苦笑を浮かべて言う。

「盛大は盛大だし、重要といえば重要かもしれないけど、僕に言わせれば、ただの親戚の集まりだよ」

「いや、そうは言っても……」

　シモンの父親はもとより、ベルジュ家の親族には、アメリカや欧州各国で勢力を伸ばしている分家もあって、それぞれ、その国の大統領や王族、ヴァチカンの上層部などと懇意にしているような大物ばかりのはずである。

　そんな人々が一堂に会する式典に、まったくの部外者がいるというのは、いかがなものだろう。

不安に思うユウリに対し、シモンはなんてことないように請け合った。

「大丈夫。『招待』なんて言うから大げさに聞こえるかもしれないけど、単に席に座ってぼんやりしていればいいだけだよ。それに、どうせ、みんなまわりの人間が誰かなんてわかりはしないんだ。――ああ、それに、近くにはナタリーがいる」

「へえ、ナタリーが？」

話題にあがったナタリーは、先にも少し触れた通り、フルネームを「ナタリー・ド・ピジョン」といい、シモンの母方の従兄妹にあたる。そして、ユウリと同様、しょっちゅう城に出入りするほどシモンの家族とは仲がいい。それでも、あくまでもピジョン家の人間であるため、式典に臨むことはできても、用意されるのは末席なのだろう。

ナタリーの名前があがったことで、少しホッとしたユウリが、「だけど」と改めて疑問を口にする。

「なんで、わざわざ僕なんか……」

それに対し、シモンがげんなりした口調で答えた。

「当然、一つには、僕への抑止力として……だろうね」

「抑止力？」

「そう」

うなずいたシモンが、「ほら」と手を翻して説明する。

「なんだかんだ理由をつけて城を空けては君と行動を共にしている僕に対し、式典を前にして、いっそのこと君のほうを呼びつけてしまえば、僕もおとなしくこの城に留《とど》まっていると踏んだんだよ」

「――ああ、そういうことか」

それには、ユウリも、思わず申し訳なくなって首をすくめてしまう。

ベルジュ家の正式な跡継ぎとして、本来なら、式典の準備段階から関わらなくてはならないシモンが、これまで幾度となく城を空けがちだったのは、ひとえに、その時期になるとふだん以上にトラブルに巻き込まれやすくなるユウリに原因があったからだ。

なんといっても、十一月一日に祝われる「諸聖人の日《トゥーサン》」は、英米では「万聖節《オールセインツデイ》」、古くは「万聖節《オールハロウズデイ》」として親しまれ、その前夜祭であるハロウィーンには、異界との境界線が曖昧となり、死者の霊がこの世に漂い出ると考えられている。それが、異教の要素を習合しつつ仮装して街を練り歩く風習となって広く浸透し、現在のハロウィーン・パレードへと繋がったのだ。

当然、霊能力の強いユウリは、その時期、異界からの訪問者たちと出くわす確率が高くなる。

もちろん、ベルジュ家の人たちは、そこまで詳しい事情を理解しているわけではなかったが、シモンが無茶を言う時は、決まってユウリが絡んでいることはなんとなくわかっているため、いっそのこと、原因であるユウリを抱き込んでしまって、大事な跡継ぎを城に繋ぎ止めておこうというのが、「ご招待」の裏にあるベルジュ家の本音であるらしい。

「……えっと」

ユウリが、まごついて謝る。

「なんか、ごめん、シモン」

「なにが?」

意外そうに応じたシモンが、きっぱりと言い切る。

「君が謝るようなことでは、まったくないよ。――僕は、いつだって、僕の意思で君のそばにいようとしているんだし、正直、形だけの式典なんかよりはるかに重要なことのために動いているつもりだからね」

真摯《しんし》に語ったシモンが、「それを」とつまらなそうに続けた。

「うちの人間ときたら、無知蒙昧《もうまい》なうえに浅はかな策略で、ユウリをエサのように利用するのだから、頭に来る」

「……エサって」

それには、さすがのユウリも苦笑を禁じ得ない。

ただ、考えようによっては、シモンの両親の考え方は理にかなっていた。

なんといっても、ユウリがいることで超常現象が発生しやすくなり、それにシモンが付き合う羽目になるのだとしたら、ユウリを城に留めておけば、仮になにがあろうと、シモンが城を空けることはなくなる。

もっとも、その論法で行くと、一つ問題があった。

そのことを、ユウリが指摘する。

「まあ、エサでもなんでも、みんなの役に立つなら僕としてはいっこうに構わないけど、ただ僕がいることで、逆に、重要な式典を前に、ベルジュ家の城でなにか騒動が起きる可能性も否定できないわけで、そのことを、シモンはわかっている？」

あるいは、それゆえに、シモンはあまりこの話に乗り気ではないのかとも思ったが、予想に反し、シモンはあっさりうなずいた。

「当然」

それから、なんでもないことのように付け足した。

「城の中でなにか起きる分には、僕も対処のしようがあるから、まあ、大歓迎とまでは言わないけど、なんら問題はないよ」

「そっか……」

ユウリからすると、それこそ大問題のような気もするのだが、なんともよくわからない理屈である。

それに、そうだとしたら、いったいシモンを悩ませているのは、なんなのか。

　ユウリが尋ねる。

「だけど、だとしたら、シモンは、いったいなにが不満なわけ？」

「……不満ねえ」

　指摘されたことが意外だったらしく、吟味するように繰り返したシモンが、ややあって否定する。

「不満はないよ。——少なくとも、君には」

「でも、さっきから聞いていると、シモンは、なんだかんだ僕に来てほしくないと思っているように感じるんだけど、正直なところ、シモンの本音はどこにあるわけ？」

「本音というのは、来てほしいか、来てほしくないかということだね？」

「うん」

　うなずいたユウリを水色の瞳で捉《とら》え、シモンが重々しく応じる。

「それは、実に微妙な質問だよ、ユウリ」

「……そうなんだ？」

「そう」

　認めたシモンが、重い溜め息とともに、言う。

「はたして、僕は君に来てほしいのか、来てほしくないのか。——いや、何度も言うように、来てほしいのはやまやまなんだけど、その先に待っていることを思うと、来てほしくない気もするし、もっと言ってしまえば、ここは僕の理性を総動員させて来させてはいけないのだろうけど、でも、やはり来てほしいという思いが強くて、実は、ちょっと前から堂々巡りを繰り返しているんだ。それでもって、そんな自分にほとほと嫌気がさしているというのが、現状といえば、現状かな」

それに対し、ユウリは軽く眉間《みけん》に皺《しわ》を寄せて「……えっと」と答えた。

「なんだかよくわからないけど、シモンが来てほしいのなら、僕に否はないよ。──喜んで招待を受けることにする」

「そうか。──ありがとう、ユウリ」

応じたシモンが、最後に一つ、またぞろ謎めいた言葉を付け足した。

「その判断を君が後悔しないよう、僕も全力を尽くすことにする」

以来、詳しいことがわからないまま、ユウリは、今日という日を迎えた。

ゆえに、今もって、若干不安だ。

ただ、そんなユウリの不安をよそに、飛行機は順調にフライトを続けている。

しばらく窓の外を見ていたユウリは、まだ起こってもいないことで悩んでいてもしかたないし、せっかくフルフラットになるシートという豪華な席を用意してもらったのだからと、その待遇を満喫するべく、横になり、ほどなく至福の眠りへと落ちていった。

第二章　死者の彷徨《さまよ》う城

1

夕刻。

シャルル・ド・ゴール空港に降り立ったユウリを出迎えたのは、シモンではなく、シモンの異母弟であるアンリ・ド・ベルジュだった。

アンリは、現在、ユウリと同じロンドン大学の学生で、去年からフォーダム邸に居候しているため、こうして会っても久しぶりという感じはまったくなく、むしろ、同居する家族に会うような慣れと安心感がある。

すらりとしてバランスのいい体軀《たいく》。

黒褐色の髪と好奇心に輝く黒褐色の瞳《ひとみ》。

「ユウリ！」

異母兄のシモンが絶対的な「貴公子」であるのに対し、アンリは、品のよさの中にもどこか野性味を漂わせた青年だ。加えて、どんな場所にも調和できるバランス感覚のよさを持っていて、年上であるユウリがとうてい持ちえない落ち着きが生来的に備わっていた。

「――アンリ」

国際線の飛行機から降りてきたにしては、リュックサック一つという身軽さで駆け寄ったユウリが、自分より大人びて見えるアンリを見あげて言う。

「わざわざ来てくれなくても、一人で行けたのに」

「そんな」

ユウリの背に手を回して歩くようにうながしつつ、アンリが続ける。

「わが家の都合で呼びつけておいて、迎えも出さないなんてありえないよ。だいたい、この迎えだって、本来なら兄が来るべきなんだろうけど、今はいろいろとやることがあって、城を離れるわけにはいかないということで、僕になったんだ」

「もちろん、わかっているよ」

シモンを城に留《とど》めておくために呼ばれたというのに、その迎えのためにシモンが城を離れていたら、それこそ本末転倒だ。

苦笑するユウリに、アンリが「でも」と言う。

「来てくれて、本当に助かるよ。せっかくの休みなのに、こんなことに付き合わせるのは悪いと思うんだけど、ユウリの実力は、兄や兄の友人のパスカルなんかから聞いていてお墨付きだから、父も母も安心して任せられると喜んでいるんだ」

「……え?」

パブリックスクール時代に親しくしていた仲間の名前まであがっての誉《ほ》め言葉に、ユウリは、それまで完全に脇《わき》にうっちゃっておいた戸惑いがふたたびムクムクと頭をもたげるのを感じた。

いったい、アンリはなにを言っているのか。

今回の訪問には、ユウリの知らないどんな事情が隠されているというのだろう。

なんとも雲行きは怪しく、内心でどんどん不安になっていくユウリに対し、アンリが「まあ」と安心させるように続けた。

「そうはいっても、所詮《しょせん》は個々人の責任であれば、あまり気張らず、適当に手を抜いてくれて大丈夫だから」

どうやらアンリは、ユウリがすべて了解していると思って話しているようだが、なにも聞いていないユウリとしては、会話のほとんどがチンプンカンプンで、アンリの横顔を見あげ、恐る恐る尋ねた。

「……手を抜く?」

「うん。彼らの体力は、際限がないから」

「……彼らの体力？」

　本当に、なんのことを言っているのか。

　そこに至って、ユウリの様子に気づいたアンリが、「あれ？」と驚いたように目を見開いて確認する。

「まさか、ユウリ。兄からなにも聞いていないとか？」

「そうだね。ご両親が、僕を式典に招待したがっているとしか、聞いていない」

「マジで？」

「うん」

「オ〜ラ〜ラ」

　フランス語での「あちゃあ〜」的な言葉を吐いたアンリが、「……だけど、なんでだろう？」と呟《つぶや》く。

「兄に限って、忙しくて言い忘れたということはないだろうし、意図的だとしても、その理由がわからない」

　それからユウリを見おろし、「ああ、でもまあ、そうか」と勝手に納得した。その頃には彼らは空港の建物を出ていて、西日の射《さ》す道を移動する。

「きっと、正直に話して、ユウリに逃げられても困ると踏んだのかもしれないな」

「……逃げる？」

呟いたユウリが、続ける。

「……僕がシモンから？」

「ん～。正確には、ロワールの城からかな」

「ロワールの城から……？」

「あるいは、兄のことだから、城には呼んでも、あの件には巻き込まずにすむ方法を、ギリギリまで考えていたのかもしれない。——とはいえ、それで、こんなふうに不意打ちを食らわすというのも、どうかと思うけどなあ」

アンリが気の毒そうに感想を述べたところで、ついにたまりかねたユウリが「だから、アンリ」と尋ねた。

「教えてくれる？　いったい僕は、シモンを城に留めておく以外で、なんのために呼ばれたわけ？」

「ああ、えっと、それは、話すと長くなるんだけど」

言いながらチラッとアンリが視線を流した先には、白い機体をオレンジ色に染めたヘリコプターが待っていて、彼らの姿が見えるのと同時にローターを回し始めたため、巻き起こった風に煽《あお》られる。

その風から守るようにユウリの前に立ったアンリが、申し訳なさそうに続けた。

「今は時間がないから、城に着いたら話すよ。——ということで、まずはヘリコプターに乗ってくれる？」

　本当に時間がないのか。

　それとも、ここでへたに話して、ユウリが急に帰ると言い出すのを怖《おそ》れているのか。

　結局ここでもはぐらかされてしまったが、実際、ローター音が大きくなるにつれ、相手の声が聞き取りづらくなっていったため、ユウリも文句を言わず、アンリに続いて、ヘリコプターに乗り込んだ。

　二人を乗せた機体が、すぐさまふわりと浮きあがる。

　瞬く間に地上が遠ざかり、ヘリコプターは、南西に針路を取って旋回し、流れるように移動し始めた。

　遠くの地平線に、もうすぐ太陽が沈もうとしている。

　空の移動は、驚くほど速い。

　あっという間に空港が見えなくなり、暮れなずむ田園風景とその合間を縫うように続く国道や林が流れ去る。

　やがて、眼下にロワール河の雄大な流れが見えてきて、河岸の緑の中に、ポツン、ポツンと城のような建造物があるのが辛《かろ》うじて判別できた。

　と、しばらくして、頭に装着したヘッドフォンに、ザッと雑音が入り、すぐに耳元で操縦士の声がする。

〈──もうすぐ、左手にブルシエル城が見えます〉

ブルシエル城。

ユウリはうっかり知らずにいたが、どうやらそれが、ガイドブックなどにも載っているベルジュ家の城の正式な名称であるらしい。

そこで、身体《からだ》を伸ばして下を見たユウリは、前方の河岸に、青いとんがり屋根を持つ優美な城の姿を捉《とら》えることができた。

夕日を受けて、城の影が長く伸びている。

隣に座るアンリが、ローター音に負けないような大声で尋ねる。

「見えた⁉」

ユウリはわかりやすいよう大きく何度かうなずいて、さらに窓ガラスにへばりつくようにして、シモンが住まう城の姿を眺める。すでに敷地《しきち》の半分ほどが夕闇《ゆうやみ》に沈み込みつつあったが、以前にも空から何度か目にしたことがあるため、感覚的に全容を把握することができた。

だからだろうが、ユウリはふと、西側の入り口付近に見慣れない建物があるのに気づいて首を傾《かし》げる。

（……あんなもの、前からあったっけ？）

だが、そのことを大声で言う前に、ふわっと軽い浮遊感とともに機体が徐々に下降し始め、ほどなくして、ユウリとアンリはベルジュ家の城の敷地内にあるヘリポートへと降り立った。

ローターの回転が巻き起こす風を受けつつ、アンリに庇《かば》われるように機体から離れたユウリは、あたりが静かになったところで、今しがたの疑問をぶつけてみる。

「ねえ、アンリ。僕の記憶違いかもしれないけど、もしかして、西の入り口付近に新しい建物ができた？」

「あ、気づいた？」

「うん」

「さすが」

誉められたユウリが、「じゃあ」と納得する。

「やっぱり、今まではなかったんだね？」

「うん」

肯定され、興味を惹《ひ》かれたユウリが当然の疑問を口にする。

「で、あれはなに？」

「あれは、う～ん」

そこで、なぜか唸《うな》り声《ごえ》をあげたアンリが、ユウリの背後に視線を流しながら、「一言で言うなら」と手短に答えた。

「目下のところ、兄の最大の頭痛のタネ——ってところかな」

「シモンの?」

それはいったいどういうことなのか。

続けて尋ねようとしたユウリであったが、その時、背後から甘く響く声で名前を呼ばれて、そのままとなる。

「——ユウリ」

振り返ると、そこに、夕日を受けて佇《たたず》むシモンの優美な姿があり、「シモン!」と呼び返して駆け寄ったユウリをやわらかく引き寄せたシモンが慣れた仕草で頬《ほお》にキスをしながら挨拶《あいさつ》してくれる。

「やあ、よく来てくれたね」

「うん」

「フライトは、どうだった?」

「最高だったよ。いい席を用意してもらったおかげで、ゆっくり休めた」

「なら、よかった。迎えに行けなくて、ごめん」

「全然。——代わりに、こうしてアンリが来てくれたから」

言ったあとで、並んで歩き出しながら、ユウリが若干の非難を込めて告げる。

「それより、シモン。なんか僕に隠していることがあるみたいだね?」

「――ああ」

そこで、ユウリの反対側を歩く異母弟にチラッと視線を流したシモンが、「別に」と苦笑を交えて言い返した。

「隠していたわけではなく、言うタイミングを逸してしまっただけなんだけど、まあ、そのことは、落ち着いたところでゆっくり話すから、まずは、城に移動しよう。僕も、このあとの予定は空けてあるんだ」

敷地内の移動のために用意されているカートにユウリを乗せながら告げたシモンが、「それはそうと」とさりげなく話題を変えた。

「お母さんやセイラは元気だった？」

またしても話をはぐらかされたものの、ユウリは素直にうなずいて続ける。

「おかげさまで、元気だよ。クリスが、いわゆる『イヤイヤ期』に入って、ちょっと苦労しているみたいだけど。――まあ、僕にしてみたら、弟は天使以外のなにものでもないから」

「……そのようだね」

チラッとユウリを見おろして応じたシモンが、「セイラが」と教える。

「君とクリスが一緒に昼寝しているところをこっそり写真に撮って、送ってくれたんだ」

「へえ？」

知らなかったユウリが、「いつの間に……」と呟いている横で、シモンが複雑そうな声音で付け足した。

「二人とも、すごく幸せそうな寝顔だったよ。――それで、お母さんたちは、まだしばらく日本にいるのかい？」

「う～ん、そうだね」

少し考えた末に、ユウリは答える。

「たぶん、母は来年あたりをめどに戻るつもりだとは思うけど」

「そうなのかい？」

意外そうに応じたシモンが、アンリと視線をかわし、「だとしたら」と応じる。

「アンリも、そろそろまた身の振り方を考えたほうがいいかもしれないね」

当のアンリも、その言葉に納得しているようであったが、一人意外だったユウリが、シモンを振り仰いで訊《き》き返《かえ》す。

「え、なんで？」

「それは、ご家族が戻ってくるなら、アンリは明らかに邪魔だろう？」

「そんなことはないよ。あんな家でも部屋は余っているし、母はアンリに会えるのを楽しみにしているくらいだから、いてくれて全然オッケイ。――もちろん、アンリが嫌でなければの話だけど」

それに対し、肩をすくめたアンリが、「まあ」と応じる。

「その時はその時で、状況を見て判断するよ」

なんともアンリらしい答えを聞いたところで、城に着いた彼らは、ユウリを部屋に案内したあとで、まずはお茶を飲むことにした。

2

「ハロウィン・メイズ？」

夕食前ということで軽食は控え、紅茶とクッキーをお供に、ユウリは、シモンから新しく造られた建物の説明を聞いたところだ。

繰り返したユウリが、確認する。

「『メイズ』って言うからには、つまり、あの中は迷路になっているってこと？」

「そうだよ。しかも、植木を並べて造った『生け垣迷路』と呼ばれるものだ」

「生け垣迷路……」

それはまた、お金のかかることである。

それに、生け垣迷路なのに、なぜ屋内にあるのか。

イギリスにも、いくつか有名な生け垣迷路が存在するが、それらはたいてい雨ざらしの戸外にある。

訊きたいことは山ほどあったが、まずは基本的なことから尋ねる。

「でも、なんで急に？」

迷路など造る必要があったのか。

ユウリの疑問に、紅茶のカップを手に取ったシモンが、肩をすくめて答える。

「別に、急というわけでもない。前から、そんな話はあったんだ」

「え、入り口に迷路を造ろうって？」

「ああ、いや」

否定したシモンが、教える。

「中を迷路にするという話は、別。あれは、『諸聖人の日《トゥーサン》』に向けて集まってくる親族の子供たち用に造りたいって、マリエンヌとシャルロットが言い出したものだから」

「子供たち用……」

つぶやいたユウリが、感心する。

「そんな手のかかるものを、子供たちのために、わざわざ造ったんだ」

「バカだろう？」

「あ、いや」

まさか、「うん」ともうなずけず、ユウリが言う。

「バカではないけど、相変わらずやることがすごいと思って」

ビニールプールならわかるが、親戚《しんせき》の子供たちを遊ばせるためだけに、アトラクション施設を造ってしまうのだから、やはりベルジュ家はお金の使い方が違う。

だが、どうやら、シモンはこのことをあまり納得していないらしい。

「そんな気休めを言わなくてもいいさ、ユウリ。明らかに、ただの親バカだ」

不満げに言ったシモンが、「僕は」と主張する。

「当然、反対したんだよ。どう考えても、いろいろと面倒なことが起きそうだからね。――だけど、知ってのとおり、うちの両親は妹たちに甘いし、なにより、さっきも言ったとおり、前から新しい建物の建設計画はあったんだ」

「ふうん」

どうやら複雑な事情がありそうだと思いつつ、ユウリはポリポリとクッキーを齧《かじ》る。

そんなユウリに対し、シモンが「順を追って話すと」と続けた。

「もともと観光客向けに、入り口付近に温室のようなものを造って、そこにカフェを併設するという話があって、いろいろと模索していたんだ。――一つには、そこから上がる収益を城の維持費の足しにするという目的があるわけだけど、カフェの経営は、母のかねてからの夢でもあったから、その第一段階としてね」

「お母さんの？」

「そう。――ほら、あのとおり、食べるのが大好きで、いい食材なんかもたくさん知っているだろう。その知識を活《い》かして、いつかはそれらを提供する側に回ってみたかったようなんだけど、これまでは、母親としての仕事に専念してきたから、できずにいた」

「たしかに」

子育てもそうだし、ベルジュ夫人としての社交もそうだろう。本来、家事育児は立派な仕事で、もっと評価されるべきものなのだ。

「でも」とシモンが言った。

「僕とアンリはもとより、そろそろ妹たちも手がかからなくなってきたし、新しいことを準備し始めるのにいい頃合いだというので、父も、母のこれまでの働きに対する感謝の意を込めて、夢の実現に乗り気になっているんだよ。手始めが、温室とカフェで、やがては離れを改築して、レストランと一日二組限定くらいで宿泊客も受け入れるつもりでいるらしい。飲食店や宿泊施設を運営するにあたって、敷地内にある自家農園の無農薬野菜がふんだんに使えるし、ボルドーで生産しているワインも提供できる」

「なるほど」

それは、なんともいい話である。

しかも、さすが、未来に向けたビジネス計画もしっかりしている。

「ただ、そんな折」とシモンが続けた。

「マリエンヌとシャルロットが、今年のハロウィーンに、庭に宝物を隠すための迷路を造りたいと言い出して」

「それは、また、なんとも彼女たちらしいね」

宝探しゲームは、もはや二人のライフワークとなりつつある。

「もちろん、僕は止めるべきだと主張したし、両親も最初は渋っていた。――たった一日のために、そんな大層なものを用意するのは、さすがに無駄だから」

「まあ、そうだね」

そこは、ユウリも同調する。

「それだというのに」

シモンが、嘆かわしそうに告げた。

「意外にも、ここ何回か、二人が準備してきたハロウィーン仕様が、親戚の間で好評だったみたいで、今年もやるのかという問い合わせが、けっこうあったんだ。――それだけではなく、もし、子供たちのためになにかやってくれるなら、金銭的な協力も惜しまないと言い出す親もいてね」

「そうなんだ」

相槌《あいづち》を打ちながら、ユウリは去年のハロウィーンのことを思い出す。

とある事情でフォーダム邸に大量に届いたカボチャを、アンリと二人、中身をくり貫《ぬ》いてハロウィーン用のランタンとして仕上げ、ロワールの城に送り返したことは、記憶に新しい。

それが好評だったのなら、あの苦労も報われる。

そんなことを考えていたユウリに対し、シモンが「まあ」と呆《あき》れたように言う。

「さっきも言ったように、親バカが揃《そろ》っているということなんだろうけど、おかげで風向きが変わってしまった」

「ご両親が、マリエンヌとシャルロットの計画に乗り気になったんだね？」

「そう」

認めたシモンが、紅茶を飲んでから続けた。

「それには、以前から指摘されていた、ある問題も絡んでいて」

「ある問題？」

「うん。親戚の子供たちの年齢がね。——祖父の代はいいとして、父を始め、現在グループを引っぱっている年代の子供たちが、時とともに成長し、今ちょうど、僕や僕より少し下の代が増えてきているんだよ」

少し考えたユウリが、「それって」と言い換える。

「親がつきっきりで面倒を見ないといけない年齢から、やんちゃ盛りの年齢になってきているってこと？」

「そのとおり」

指をあげて認めたシモンが、「実際」と言う。

「すでに去年も、厳粛な式典を前にして、はしゃぎまわる子供たちをおとなしくさせるのが大変でね」

その光景を想像し、ユウリは悪いと思いつつ微笑《ほほえ》んでしまった。

それを見咎《みとが》めたシモンが、すかさず「笑い事ではなく、ユウリ」と突っ込んだ。

「さすがに式典そのものでぎゃあぎゃあ騒ぐほど分別のない子供はいないにしても、前日の晩餐会《ばんさんかい》などは、けっこうしっちゃかめっちゃかで、大人の会話をするどころではなかったらしい。——それで、その時に、来年からは、子供の部と大人の部に分けてはどうかという話があがったんだそうだ」

伝聞形式なのは、その時、シモンが城を空けていたせいである。

理由は、言わずもがなだ。

ユウリが、繰り返す。

「子供の部ねえ」

親と離すことで、騒がしさはひどくなりそうであったが、それはそれで、子供の性《さが》であれば、しかたないということなのだろう。

苦渋の選択というやつだ。

ただ、さすがに無法地帯にするわけにはいかないだろうから、それを監視する人間は必要で、その人はさぞかし大変だろうなと、他人事《ひとごと》ながら同情する。かつて、やんちゃ盛りの子供たちが集まる全寮制パブリックスクールで監督生を務めたことのあるユウリであれば、その苦労は、手に取るようにわかった。

シモンが、「そんなこともあって」と説明する。

「マリエンヌとシャルロットが言い出した迷路が、にわかに現実味を帯び始めたんだ」

ユウリが訊き返す。

「それは、建物の中に迷路を造ることで子供たちをおびき寄せ、ついでに、そこで食事もさせるってこと?」

「そう」

「え、まさか、寝るのも?」

「いや。さすがに、そこまでは面倒を見きれないから、あくまでも大人の食事の時間帯や昼間の遊び場を提供するということで、部屋は両親と一緒だ」

「まあ、そうか」

応じたユウリが、自分の中で話を整理するように言う。

「で、将来的には、その建物を観光客に開放して、子供たちの食事スペースをそのままカフェとして使う」

「そのとおり」

認めたシモンが、「ということで」と伝える。

「いちおう、今回、子供たちの監視役として、アンリとナタリーがその任に当たることになっている」

「へえ、それは大変そう」

同情的に言ったユウリが、「もし」と申し出る。

「僕にできることがあれば、なんでも言ってほしい。可能な限り手伝うから」

とたん、なぜか残念そうに溜《た》め息《いき》をついたシモンが、「まあ」と言った。

「君なら、絶対にそう言うと思ったけど」

「……けど、なに？」

もしかして、役に立たないから必要ないと断られるのかと思いきや、シモンは予想とまったく逆のことを教える。

「実を言うと、うちの親は、君がかつて、僕らが暮らしたヴィクトリア寮《ハウス》で立派に監督生を務めたことを知っていて、ぜひとも、アンリとナタリーを補佐する監視役を頼みたいと言っていたんだよ。君がいれば、百人力だって。――だけど、僕としては、ユウリにそんなことをさせたくなかったから、もし、ユウリがみずから進んで手伝いたいと申し出た時には、お願いしようと思うけど、そうでない限りは、ただの来客として扱うと宣言しておいたんだ」

「――ああ、なるほど！」

そこで、ふいに、今回の招待に際し、シモンの態度が終始一貫してあやふやで、あまり乗り気でないように見えた理由がわかった。シモンの言葉に偽りはなく、ユウリには来てほしいが、呼んでしまったことで迷惑がかかることを懸念していたのだ。

ただ、どうやら、ユウリが来るとわかった時点で、シモン以外の人間は、ユウリがすでに監視役を引き受けてくれたものと誤解したらしい。

それで、アンリのあの言葉に繋《つな》がる。

ユウリが、シモンを見て告げる。

「そんなの、遠慮せずに言ってくれたらよかったのに、シモン。アンリとナタリーもいるわけだし、たぶんわかっていると思うけど、僕は、年下の子の面倒を見るのはけっこう好きなほうだから」

「いや、だけどね、ユウリ」

シモンが、まだ問題はすべて解決したわけではないと言わんばかりに、水色の瞳を苦々しげに細めて忠告する。

「君は、計画の全容を把握していないから、そんな呑気《のんき》に構えていられるんだよ」

「計画の全容？」

繰り返したユウリが、具体的なことを尋ねようとした、その時だ。

廊下のほうからけたたましい足音が近づいてきて、すぐにバタンとドアが開き、ベルジュ家の双子の姉妹であるマリエンヌとシャルロットが飛び込んできた。

「ユウリ！」

「ユウリが、来ているんでしょう⁉」

「あ、いた！」

「ユウリ、見っけ！」

叫ぶと同時に、ソファーから立ちあがったユウリに両側から抱きつく。

「いらっしゃい、ユウリ」

「会いたかったわ」

「――あ、えっと、僕も」

挨拶をしながらキスをされたり返したりしたユウリだが、実はかなり驚いていた。しばらく見ない間に、二人の身長がかなり伸びていたからだ。

しかも、相変わらず明るくて無邪気ではあるものの、どこか大人びた様子が仕草などに見受けられる。

言葉数の少ないユウリに対し、「それで」とマリエンヌが言う。

「ユウリ。私たちと一緒に『メイズ・マスター』になってくれるんでしょう？」

「……『メイズ・マスター』？」

今一つよくわからずに繰り返したユウリに対し、シャルロットが言う。

「そう、『メイズ・マスター』、いわゆる『迷路の管理人』よ」

そこでユウリがシモンを見ると、両手を開いたシモンが、「言い忘れていたけど」と教えた。

「発起人であるマリエンヌとシャルロットも、主にナタリーを手伝って、子供たちの監視をすることになっている。――他にも、高校生以上の子供は、小さい子供の面倒を見ることになっているんだ」

「それと、『メイズ・マスター』ね」

念を押すように告げたシャルロットに、ユウリが訊く。

「それって、シモンが言う『監視役』とは違うの？」

「基本は同じだけど、違うわ」

「そう、違うわね」

相変わらず阿吽《あうん》の呼吸でしゃべるマリエンヌとシャルロットが、交互に説明する。

「監視役は、ふつうの恰好《かっこう》で生活全般の面倒を見るけど」

「『メイズ・マスター』は、言ったように迷路の管理人で、かつ迷路の案内人の役目も果たすの」

「それで、明日のハロウィーン・パーティーでは、迷路で遊ぶ子供たちにお菓子を配ったり、宝物の埋まっている場所のヒントを与えたりするのよ」

「へえ、おもしろそうだね。――もちろん、手伝うよ」

あっさり了承したユウリの背後で、シモンが額に手をやって首を振る。

それを尻目《しりめ》に、マリエンヌとシャルロットが喜びはしゃいだ。

「よかった！」

「そう言ってくれると信じて、ユウリの衣裳《いしょう》も用意しておいたから」

「――え？」

ふいに嫌な予感がしたユウリが、訊き返す。

「衣裳って？」

「衣裳は衣裳よ」

「ハロウィーンの」

そう告げたマリエンヌとシャルロットと向き合ったまましばらく黙り込んだユウリが、ややあって確認する。

「……えっと、僕、もしかして仮装するんだ？」

「当然でしょう？」

「ユウリ、ハロウィーンって、なんのお祭りか知っているわよね？」

「うんまあ」

別に仮装パーティーをするためのお祭りではなかったはずであるが、それどころではないユウリは、シモンを振り返り、助けを求めるように呼ぶ。

「……シモン？」

これは、いったいどういうことなのか。

さっきまでの話と、少し違うのではないか。

そう問いかけたかったのだが、額を押さえていた手で前髪をかき上げたシモンは、「だからさ、ユウリ」となかば開き直ったように告げた。

「僕としては、こうならないためにも、理性を総動員して、君を呼ぶべきではないかもしれないと思っていたんだよ」

3

夕食の時間も近づいていたため、シモンは双子の妹たちからユウリを引き離し、ひとまず「ハロウィン・メイズ」へと案内することにした。一つには、混乱──あるいは困惑しているはずのユウリに冷静に考える時間を与えるためであったが、シモンのほうでも、一度、ユウリときちんと話す必要性を感じていたからだ。

道々、シモンが問う。

「ユウリ、怒ってないかい？」

「え、なんで？」

予想に反し、ユウリが驚いたように訊き返してきたので、小さく笑ったシモンが、

「ま、そうか」と納得する。

ユウリは昔から、こうしただまし討ちのようなことをされたところで、溜め息一つで呑《の》み込《こ》んでしまう懐の深さがあった。

シモン自身、内心ではそれを承知の上で、曖昧《あいまい》な態度のままユウリを呼び寄せたのだろう。つまり、その優しさに付け込むようなことをしたシモン自身が自分に対して怒っているのであり、今のは自己嫌悪から来る問いかけに過ぎなかった。

むしろ、当のユウリはどこかホッとしたように続ける。

「それより、シモンの逡巡《しゅんじゅん》がその程度のことにあって、よかったよ。──もっと、深刻な理由で僕に来てほしくないのではないかと思っていたから」

ユウリにしてみると、たしかに仮装はちょっと憂鬱《ゆううつ》ではあるが、聞けば、魔法使いのようなマントを羽織って杖《つえ》を持つだけですむという。

それにも、双子の姉妹とシモンの間に、それなりのバトルがあったらしい。

というのも、今回、アニメ映画の『ふしぎの国のアリス』をテーマにしているマリエンヌとシャルロットは、自分たちはトゥイードル・ダムとトゥイードル・ディーに扮《ふん》し、ユウリにアリス役をやらせようとしたのだが、当然、シモンに却下された。

そこで、トゥイードル・ダムとトゥイードル・ディーは親戚の男の子たちに譲り、自分たちが双子のアリスに扮し、ユウリには白ウサギをやってもらおうとしたのだが、それもシモンに却下されてしまった。

なんでも、お仕着せ姿のユウリに、ナタリーがウサギっぽいペイントメイクを施すというので盛り上がっていたそうだが、仮装に時間がかかるのは論外だというのが、シモンの主張である。なにせ、せっかく無理をしてまで来てもらったのに、そんなつまらないことに時間を取られてしまっては、シモンが腹立たしいからだ。

結局、すったもんだの末、『ふしぎの国のアリス』には出てこないが、おとぎ話には必要不可欠の存在である魔法使いと相成った。

近くで見る「ハロウィン・メイズ」は立派なもので、とてもではないが、親戚の子供たちの遊び場として造られたとは思えない。

建物としては、自然光が射し込み、開閉式で空気の入れ替えもできるガラス壁が大部分を占めていて、ところどころ煉瓦塀《れんがべい》になっていることで、外観もお洒落《しゃれ》にできていた。そのあたり、のちのち商業施設として利用することを見すえた設計になっているようだ。

中は、全体的に二階分の高さがあり、二階にあたる部分には、迷路を眼下に眺めて歩ける回廊が巡らされている。

これなら、迷路内を監視できるうえ、何ヵ所か設けられた螺旋《らせん》階段を使えば、中でギブアップした子供がいつでも脱出できた。

そこで、ユウリたちも、時間が来たら螺旋階段から脱出することにして、ひとまず迷路内に足を踏み入れる。

もっとも、シモンはすでに迷路の構造を把握しているため、迷いたくても迷えない。

食事をする場所には煉瓦が敷き詰められているらしいが、生け垣迷路は土が剝《む》きだしになっていて、道幅が広くなったり狭くなったり、途中途中に小さな東屋《あずまや》やベンチがあったりと、屋内であっても、まるでちょっとした公園を歩いているような趣があった。

ユウリが、あたりを見まわしながら、感動して言う。

「両親とも」と説明を加える。

「思った以上に、すごいね」

「まあね」

歩きながら、すれ違う子供や大人に軽く挨拶しているシモンが、「両親とも」と説明を加える。

「こだわりは強いほうだから」

つまり、いったん始めてしまうと、あとは金に糸目はつけず、納得するまでこだわりを追求するのだろう。

だからこそ、成功するのだ。

と、その時。

メールの着信音を響かせたスマートフォンを取り出したシモンが軽く眉《まゆ》をひそめ、歩きながら目を通した。だが、数歩も行かないうちに「――迷宮?」とつぶやき、「また、なんで」と言いながら足を止める。

その鬱陶《うっとう》しそうな様子からして、かなり面倒且つ意に染まぬメールであるらしい。

単に、内容が嫌なのか。

それとも、送り主そのものを忌避しているのか。

ユウリが心配そうにその様子を見守っていると、「ごめん、ユウリ」と謝って、シモンが続けた。

「一つだけメールを返したい」

「もちろん」

そこで、シモンがメールを打っている間、手持《ても》ち無沙汰《ぶさた》にあたりを見まわしたユウリは、前方にある東屋の近くに一人の女性がいるのに気づいた。下を向いてなにやら捜しものをしている様子であったが、彼女のなにが目を引くかといって、存在そのものが実に異様であった。

まるでタイムマシーンに乗って過去から来た人のように、ロココ調のドレスを着て、髪を高く結い上げている。

(すごい)

ユウリは思う。

(完璧《かんぺき》な仮装！)

仮装もここまで完璧だと、まるで上質な舞台でも観《み》ている気にさせられ、鑑賞する側も楽しめる。

そこで、メールを打ち終えたシモンに、ユウリが言う。

「もしかして、もう仮装している人がいるんだね？」

「――仮装？」

スマートフォンをしまいながら繰り返したシモンが、その理由を問うように口を開きかけた時だ。

「きゃあああああああああああ！」

迷路のどこかで、子供の悲鳴があがった。

ハッとしたユウリとシモンが顔を見合わせるうちにも、続けて口々に叫ぶ声がする。

「ぎゃああ！」

「助けて！」

「ママア！」

「殺される！」

それらの悲鳴はすぐ近くからしたようで、慌てて走り出した二人の耳に、子供たちの悲鳴に混じって、甲高く脅しつける声が聞こえた。

「首をちょん切ってやる――！」

女性の声だ。

走りながらふと眉をひそめたシモンの前方に、迷路の角を曲がって走ってくる子供たちの姿が見えた。

中には、完全に泣いている子供もいる。

彼らは、シモンとユウリの姿に気づくと、我先にと走り寄ってきて左右から抱きつき背後に隠れた。

「助けて！」

「お化けが出たの！」

「生首が――」

口々に訴えてきたのは男の子二人と女の子一人で、男の子たちの顔立ちが似ていることから、二人は兄弟である可能性が高い。ただ、どの顔もユウリとは面識がなく、シモンのほうで「ジョエル、マルク、エリーズ」と各自の名前を呼び、その場で事情を問《と》い質《ただ》そうとする。

「いったいなにが――」

だが、彼らから説明を聞くまでもなく、すぐに角を曲がって、この状況を生み出した元凶ともいうべき人物が姿を現した。

「みんな、首をちょん切ってやるから、覚悟おし！」

高らかに叫び、さらに右手に持ったモノを頭上に掲げながら現れたのは、シモンの従兄妹《いとこ》であるナタリー・ド・ピジョンだった。

ボブカットにした美しい赤毛。

モデル張りの完璧なプロポーション。

絶世とまではいかないが、それなりに美しい顔立ちをしたナタリーは、外見だけなら素晴らしく魅力的な女性であったが、そのお騒がせな性格から、長らくシモンの頭痛の種となっている。

そして、今に限っては、迷路に出た化け物として、子供たちからも忌避されていた。

その証拠に、彼女が現れたとたん、ユウリとシモンの背後にいた子供たちが、「きゃあ」と叫んでふたたび駆けだした。

「ママン」

「来んな～」

「化け物～」

そんな彼らに対し、振り返りつつ「あ、みんな、転ばないように――」と忠告したユウリであったが、その声が届く頃には、子供たちは角を曲がって消えてしまった。

しかたなく視線を戻したユウリの横で、いとも不機嫌そうな表情のシモンが、冷たく光る水色の瞳で、登場したばかりの従兄妹をねめつける。

「――ナタリー。君、いったい、なにをやっているんだ？」

「あら、シモン」

シモンにあんな冷めた目で見つめられたら、どんな豪胆な人間でも震えあがりそうなものであるが、心臓が超合金並みの強さであるナタリーは、ケロリとした口調で言い返す。

「なにって、予行演習よ、決まっているじゃない」

「予行演習？」

「そう。明日のね」

言いながら、頭上に掲げていたモノを脇に抱え直した。

そのモノを驚愕《きょうがく》の目で追っていたユウリが、「……ナタリー」と信じられないものを見ているかのように尋ねる。

「その手に持っているモノって――」

「ああ、これ？」

自分が手にしているモノを見おろしたナタリーが、それを振りながら答えた。

「見ての通り、生首だけど」

「それがなにか？」と言わんばかりの口調で言われたことに、「――生首」と繰り返したユウリが、ゴクリと唾を呑み込んでから、おそるおそる訊き返す。

「え、まさか、本物じゃ……」

絶対にあり得ないことであるとはいえ、ついそう疑いたくなるほど精巧にできている。

土気色の肌。

血走った目。

なにより、切り取られた首の断面が生々しく、したたる血がとてもリアルだ。

これでは、子供たちが怖《こわ》がって逃げまわるのもわかるというものである。

すると、ナタリーが蠱惑的なモスグリーンの瞳を細めて笑い、「さ～てねえ」と楽しげに応じた。

「本物か、偽物か」

　それから、ユウリを見つめて試すように訊く。

「ユウリは、どっちだと思う？」

4

「もう、や〜ね、ユウリ」

　ブッフェ形式の食事スペースに移動し、子供たちに交じってご飯を食べながらナタリーがケラケラと笑う。

「本物の生首なわけ、ないじゃない。偽物よ、偽物。それなのに、返事を躊躇《ためら》うなんて」

　先ほどの問いかけに対し、ついユウリが返答に窮したことをあげつらっての言葉だ。

　そんなナタリーの前には、お皿に盛った食事が山とあり、グラスにはなみなみとワインのようなブドウジュースが注がれている。

　さすがに未成年が多いこの場に酒類はなく、ナタリーはそのことがいたく不満であるらしいが、文句を言っても始まらず、せめて気分だけでもワインを飲んでいるつもりで、ふだんはあまり飲まない甘いジュースを選んだのだ。

　だが、口にした瞬間、その甘さに顔をしかめ、グラスを遠くに置いて続ける。

「え、まさか、一瞬でも本気で、私が本物の生首を持っているなんて考えたわけじゃないでしょうね？」

「……えっと」

躊躇った挙げ句に、ユウリは正直に答えた。

「ごめん、ほんの一瞬」

「考えたのね？」

「うん」

「もう～。ないない。私を誰だと思っているの？」

呆れたように言われ、少し考えたユウリが短く答える。

「ナタリー」

「だったら、きれいで優しいナタリーはそんなことをしないってわかるでしょうに」

ナタリーはごく自然に主張したが、ユウリもシモンも、ナタリーだからこそ、本物の生首くらい持っていても不思議ではないと思ったのだ。

ちなみに、ナタリーと同様、ユウリもここで子供たちの面倒を見ながら食事を取ることになっているため、目の前のお皿には程よく食べ物が載っている。

一人、シモンだけは、このあと、大人たちの晩餐会に出席する必要があり、今はコーヒーだけでがまんしていた。

ただ、先ほどから、あまりユウリの食は進んでいない。

それなりにお腹《なか》は空《す》いているのだが、テーブルの上には、ナタリーがさっきまで持っていた精巧な偽物の生首が載っていて、見る者の食欲を減退させているからだ。

ユウリが、しみじみと言う。

「それにしても、この偽物の生首、すごくクオリティーが高いよね」

「当然でしょう。ハリウッドで特殊撮影を担当している女学校時代の先輩に頼んで作ってもらったものだもん。――その人って、ほら、流行のゾンビ系のドラマとかも担当しているのよ」

「へえ」

感心するユウリに対し、シモンが呆れたように指摘する。

「それはわざわざご苦労なことだけど、でも、そもそも、なんでこんなものを取り寄せる必要があったんだ」

「そりゃ、ハロウィーンのためよ」

血みどろの生首を前にして、平気で血の滴る肉をほおばったナタリーが、ナイフを振りまわしながら続ける。

「私、ハロウィーン・パーティーでハートの女王に扮するんだけど、ハートの女王といえば、あの有名な台詞《せりふ》『首をちょん切ってやる！』でしょう」

「――ああ、たしかに、君、さっきそんなことを叫んでいたね」

「そう。それで、どうせそんな台詞を吐くなら、生首を持っていたほうが断然迫力が増すと思って」

「増し過ぎだよ」

子供たちのほうへ手を翻してみせたシモンが、言う。

「見ただろう。みんな、本気で怖がっていたじゃないか」

「あら、だらしない。これくらいで泣いているようじゃ、将来、大物になれないわよ」

なんの根拠があるのかわからない主張をして、ナタリーが宣言する。

「いい機会だから、私が根性を叩《たた》き直《なお》してやる」

「やめてくれ」

即座に答えたシモンが、反論する。

「ベルジュ家の将来を担う子供たちが、心に深いトラウマを抱えてしまう」

「だから、その根性を、ね」

そんな堂々巡りの会話をかわしていると、先ほどの子供たちがやってきて、くだんの生首を恐々《こわごわ》と眺め始めた。あとから色々と教えてもらったので、ユウリは、男の子二人がやはり兄弟で、お兄さんがジョエル、弟がマルクと知り、女の子は名前をエリーズというのがわかっていた。

シモンにとっては、大叔父の系列の親戚らしく、又従兄弟《またいとこ》かなにかにあたるはずだ。

ジョエルとマルクが言う。

「……これ、本物？」

「きっと、本物だぜ」

「やだ、怖い」

前よりは幾分好奇心が強くなっているジョエルとマルクに対し、エリーズはまだ不気味がっているようだ。

そこで、ユウリが優しく声をかけてみる。

「大丈夫。本物じゃないから、触ってごらん」

だが、誰もその勇気がなく、互いを前に押し出そうとする。

それを見て、シモンも横から言う。

「怖がらなくていい。僕が保証する」

すると、エリーズが果敢にも手を伸ばした。

小さくても女の子は女の子であるらしく、白馬の王子様を体現したようなシモンに言われると、素直に従いたくなるのだろう。

だが、せっかくの勇気も、身を乗り出したナタリーが、「ここだけの話」と彼らの耳元で囁《ささや》きかけた言葉のせいで、すぐさま引っ込んでしまう。

「実は、この首、私がさっきちょん切ったの」

とたん、エリーズがザッと後ろにさがり、シモンが即座に「ナタリー！」と叱責《しっせき》する。

「そうやって、小さい子を脅かすんじゃない」

「なんでよ。いいじゃない。せっかくのハロウィーンなんだから」

　すると、ジョエルが「だけど」と声をあげた。

「ナタリーがやったんじゃないなら、やっぱり、この人、迷路の中に潜んでいる人食い鬼に食い殺されたってこと？」

「人食い鬼？」

　初耳だったらしいナタリーが繰り返し、ユウリとシモンも不思議そうに顔を見合わせる。

　ナタリーが訊き返す。

「人食い鬼がいるの？」

「そうだよ」

「迷路に？」

「うん」

　認めたジョエルが、「な？」と弟とエリーズに同意を求める。

　それに対し、マルクが「うん」とうなずき、エリーズが「さっき」と教えた。

「リュカが、話してくれたの」

「リュカが？」

　シモンが疑わしげに繰り返したのに対し、「そう」とうなずいたエリーズが、「それでもって」と大真面目《おおまじめ》に続けた。

「悪い子はみんな、食べられちゃうのよ」

5

「悪い子はみんな、食べられちゃう――？」

ユウリが繰り返す横で、軽く眉をひそめたシモンが、首を巡らせてまわりのテーブルを見る。

名前のあがった「リュカ」というのは、シモンと同い年の父方の従兄弟で、なにかとシモンをライバル視する傾向にあった。

もっとも、シモンのほうで彼を意識することはあまりない。

少し離れたテーブルにリュカの姿を見つけたシモンが、席を立って話しに行く。

「――リュカ」

顔をあげたリュカが、小さく口笛を吹いて迎える。

ベルジュ家の人間は、総じて顔立ちがいい。

リュカも、シモンには遠く及ばずとも、それなりにハンサムといえた。

亜麻色の髪に群青色の瞳。

立ち居振る舞いも良家の子息として申し分なさそうだが、なにせ、シモンの前ではすべてが色褪《いろあ》せて見える。

生まれた時から、その差を突きつけられてきたのだとしたら、彼が、シモンのことをあまりよく思っていなくてもしかたないだろう。

事実、呼びかける声には、かなり皮肉げな色がある。

「これは、我らが未来の統率者、直系長子のシモンじゃないか」

それから、チラッと背後のユウリを見て付け足した。

「だが、学生の部から一人、大人の晩餐会に出席するお前が、家来を引きつれてこんなネバーランドで遊んでいていいのか?」

「家来?」

それが背後のユウリを指しての言葉だと知ったシモンが、水色の瞳をすがめて応じる。

「ユウリは、家来ではなく友人だ。——いいかい、リュカ、僕に突っかかるのは構わないけど、わざわざ手伝いにきてくれた友人にまであたるようなみっともない真似《まね》はしないでくれないか?」

それに対し肩をすくめてみせたリュカに、シモンが「それに」と続けて言う。

「君、年少組の子供たちに、妙な話を吹き込んでいるらしいね」

「妙な話?」

リュカが訊き返す。

「なんのことだ?」

「人食い鬼がどうとかって」

「――ああ」

そこでカップを置いたリュカが、唇の端を歪《ゆが》めて笑う。

「そんなの、ちょっとしたジョークじゃないか」

「ジョーク？」

「そうだよ」

椅子《いす》の背にそっくり返り、両手を開いてリュカが言う。

「せっかく、こんな御大層な迷路まで造ってハロウィーンを楽しもうというんだから、それらしく怪談話の一つもあったほうが、雰囲気が出ていいと思わないか？」

それは、ナタリーの生首と同じ発想である。ハロウィーンには、ホラー映画っぽい演出が必須《ひっす》ということらしい。

もっとも、それを小さな子供たちが歓迎するかどうかは、別だ。

おそらく、彼らは、お化けよりお菓子のほうが欲しいに決まってる。

「思わないよ」

否定したシモンが、「だいたい」と彼なりの感想を述べる。

「そのことで楽しんでいるのは、もっぱら仕掛け人である君たちのほうだろう」

「はっ」

批判を受けたリュカが、「言っておくが」とすごむ。

「俺は別に、好きでチビどもの面倒を見ているわけじゃないからな」

「だろうね」

青春を謳歌《おうか》すべき年代の男が、やんちゃ盛りの親戚の子供の相手など、ふつうはしたくない。

シモンだって、それくらいはわかっている。

きりがなくなるといけないので、これはおおっぴらには言っていないが、ナタリーなどは、今回の役目を引き受けるにあたり、ちゃっかりシモンの父親と裏取引をしているくらいだ。

そこで、シモンは少し口調を和らげて告げる。

「楽しむなとは言ってないよ。――ただ、この場にいる最年長の人間として、もう少し分別のある行動を取ってほしいと思っているだけで」

「分別ね」

つまらなそうに応じ、リュカが言い返す。

「そんなもの、どこにしまったか忘れちまったよ。――それに、人食い鬼の話は、まったくのデマってわけでもないし」

「……デマではない？」

意外だったシモンが、訊き返す。

「本当に？」

「ああ。もともとこのあたりにあった伝説がもとになっていて、それを少しばかり現代風に脚色したんだよ。――つまり、嘘《うそ》はついていない」

「……伝説」

呟いたシモンが、「それって」と訊く。

「もしかして、かつてこのあたりに存在した『迷宮《ラビリンス》』のことを言っている？」

すると、シモンが知っているとは思っていなかったらしいリュカが、驚いたように目を見開いてから、すぐに皮肉げに言った。

「なんだ、お前も知っていたのか」

「まあ、ちょっとは」

言いながら、シモンは腕を組んで少し考え込む。

そんなシモンに、リュカが「さすが」と言う。

「百年に一人の逸材といわれるだけはあって、優秀かつ博識だな」

「別に」

シモンが、つまらなそうに応じる。

「僕は、ふつうだよ」

少なくとも、シモンがそう卑下したくなるくらい、恐ろしく頭の切れる男が彼の身近にはいる。

だが、黙って二人の話を聞いていたユウリも、シモンの自己評価については思わず心の中で反論していた。

（それはない）

シモンは、飛び抜けて優秀だ。

同年代の人間で、シモンと同じスピードで物事を理解しながら話せるのは、ユウリが知る限り、三人ないし、四人くらいだ。

リユカも同じように思ったらしく、「よく言うよ」とムッとしたように返した。

「あんたがふつうなら、俺はなんなんだよ」

「さあ。知らないけど、比べるようなことでもないだろう」

あっさり切り離したシモンが、「それより」と話の軌道を修正する。

「迷宮の話は、たしかに僕も知っていたけど、人食い鬼のことは知らない。正直、今、初めて聞いたよ」

素直に認めたシモンが、「なにか」と続けた。

「そういった事例が過去にあったのかい？」

その際、チラッとユウリに視線を流したのは、ここに来て、急にオカルトめいた話が浮上してきたことが、ユウリがここにいるという事実と相まって、シモンの中でなんとも嫌な予感がしたからだ。

ハロウィーンと人食い鬼。

はたして、それは、なんらかの繋がりをみせるのか――。

シモンの隣で、ユウリもいささか緊張した面持ちで話を聞いている。

だが、リュカは、そこまで重大な事実を握っていたわけではなかったようで、「ああ、いや」と気まずそうに否定した。

「過去の事例なんてないよ」

「つまり、人食い鬼に繋がるような事件は、起きていないんだね？」

念を押すように確認したシモンに、リュカが肩をすくめて応じる。

「さあ。いちおう、かつての城主が行方不明になったって話ならあるみたいだけど、それくらいだよ。――そもそも、人食い鬼なんていないだろう、ふつう」

「さあ。それは、どうかな」

その点あんがい、シモンはリュカよりも懐疑的だ。

自分たちの住まいとはいえ、古い歴史を持つ城であれば、どんな残酷な過去があったとしても、驚くにはあたらないと割り切っているからだ。

少なくとも、その覚悟はある。

だが、リュカは、むしろ子供じみた空想として捉えているようだ。

「なんであれ、俺は、あくまでもギリシャ神話をもとに話を作っただけだからな。なんたって、迷宮の奥には、生贄《いけにえ》を食べる『牛頭人身《ぎゅうとう》』のミノタウロスがいるというのは、定石だろう？」

「……まあ、そうだけど」

シモンが、なかば呆れて応じる。

「まさか、そんな発想で、人食い鬼の話を持ち出したのかい？」

「そうだけど、悪いか？」

応じたリュカが、顎《あご》で入り口を指し示してのたまった。

「ほら、いつまでもうるさいことを言っていないで、見てみろ。向こうに、お迎えが来ているぞ」

その言葉にシモンとともに振り返ったユウリは、迷路の出口付近に立ち、こっちに向かって大きな身振りで腕時計を手で示している青年の姿を見いだした。

ユウリも知っている、シモンの個人秘書だ。

名前をモーリス・ブリュワといい、シモンを尊敬してやまない彼は、ことあるごとにシモンに無茶をさせるユウリのことを、いささか疎ましく思っているようだった。

今も、チラッとこちらに流された視線が、冷たい。

シモンとユウリの背後で、リュカが嫌みっぽく告げる。

「まったくよお、人に説教を垂れているヒマがあったら、お前こそ、とっとと自分のやるべきことをやれよな、シモン。——どう見たって、あいつ、時間が押していてかなりカリカリしているぞ」

シモンがゆったりとした仕草で自分の腕時計を見おろしてから、「たしかに」と認めて踵《きびす》を返す。

その際、ユウリの肩に手をやって告げた。

「ごめん、ユウリ。僕はもう行くけど、困ったことがあったら、なんでもアンリに言ってくれたらいいよ」

「わかった」

とはいえ、現在、アンリは近くにいない。

マリエンヌとシャルロットとともに、迷路に取り残されている子供たちを救い出しに行っているからだ。

それを踏まえたうえで、シモンが付け足す。

「あるいは、僕に直接メールをくれてもいい」

ユウリが苦笑して応じる。

「大丈夫だよ、シモン。みんなとてもいい子たちだし、いちおう、やんちゃ盛りの子供の扱いには慣れているから」

「もちろん、わかっている。——でも、念のため言っておこうと思って。でないと、君、すぐに遠慮してしまうから」

そう告げたシモンが、歩き出しかけて「あ、それと」と振り返る。

「よければ、寝る前に書斎でお茶でも——」

「いいよ。待っている」

だから、早く行ってとばかりに両手を動かしたユウリをその場に残し、シモンは颯爽《さっそう》とした足取りで立ち去った。

第三章　消えた子供たち

1

　ベルジュ家の親戚《しんせき》の子供たちの世話から解放されたナタリーが、美術品の飾られた長い廊下《ロングギャラリー》を歩きながら、「あ～」と声をあげた。その背後にはマリエンヌとシャルロットが従い、両翼にユウリとアンリを配するという、まさに鉄壁の布陣である。

「疲れた！　疲れた、疲れた、疲れた～！」

　たしかに、彼らは疲れていた。

　というのも、夕ご飯を食べ終わったあと、そのままおとなしくなるかと思いきや、年少組の子供たちは誰からともなくふたたび迷路に入り込み、思う存分、好き勝手に遊び始めたからだ。

　その体力たるや、アンリが言ったとおり、底なしである。

対する年長組は、テーブルでインスタグラムなどのSNSをやりながらまったりとした時間を過ごしたかったため、年少組を引きずり出そうと、これまた迷路に突入した。

結果、迷路内での飽くなき攻防戦が始まってしまったのだ。

当然、ここにいる彼らも無事ではすまされず、全員、へとへとというわけである。

ナタリーが、「まったく」と付け加えた。

「なにが悲しくて、秋の気持ちのいい一日を、子供たちを追っかけまわしてぐったりしないといけないのかしら。――エメラルドのネックレス一つくらいでは、全然わりに合わないわ」

とたん、背後を歩くマリエンヌとシャルロットが両側から顔を覗《のぞ》かせて訊《き》いた。

「え、ナタリー、ネックレスを買ってもらうの？」

「お父様に？」

「ずるい」

「ホント、ずるいわ」

それに対し、ナタリーがピシャリと言い返す。

「お黙り、双子のアリスたち。私、疲れているんだから、それ以上うるさくすると、首をちょん切るわよ」

言葉と同時に手で首を切る真似《まね》をし、瞬時に黙り込んだ二人を見流して「だいたい」と続ける。

「あんたたちは、ベルジュ家の人間なんだから、同じベルジュ家である彼らの面倒を見るのは当たり前でしょう。——でも、私は、違うの。ほぼほぼ赤の他人。それなのに、いいようにこき使われているんだから、それに見合う報酬をもらって然《しか》るべきなの」

珍しく正論を言われ、納得しかけた二人が、「あら、でも」と問う。

「それなら、ユウリは？」

「そうよ。ユウリだって報酬をもらう権利があるのではなくって？」

それに対し、チラッとモスグリーンの瞳《ひとみ》でユウリを見たナタリーが、「ユウリは」と適当なことを言う。

「黙ってたって、シモンがなにかするからいいの」

「え、僕は別に——」

言いかけたユウリを遮るように、ナタリーがまたしても「あ～」と声を張り上げる。

「ホント、疲れたわ。お風呂《ふろ》が私を呼んでいる～」

「……お疲れ様」

反論を封じられたユウリが労《いたわ》るように応じたため、代わりにアンリが、「そんなこと言って」と辛辣《しんらつ》に返した。

「ナタリーに脅かされた子供たちのほうこそ、逃げまわるのに疲れて、しまいにはぐったりしていた気がするけど」

「ええ、本当に」

マリエンヌがナタリーの背後でうなずき、シャルロットがそれに続く。

「なんだかんだ、ナタリー、いちばんはしゃいでいたわよね。——生首を持って」

「最後は、生首を振り回して」

とたん、グルンと首を回して振り返ったナタリーが、二人のほうに人差し指を突きつける。

「それを言うなら、あんたたちこそ、子供たちを放っておいて、こそこそとなにをやっていたのかって話よね」

「私たちが？」

「こそこそ？」

顔を見合わせながら意外そうに応じた双子の姉妹に対し、ナタリーが、「ええ」とうなずいて続ける。

「とぼけたって無駄よ。私、ちゃんと見ていたんだから」

「あ、そう」

「見られていたのなら仕方ないわね」

「たしかに、仕方ないから教えてあげるけど、あれはあれよ。いわば、明日の準備っていうの？」

「そう。私たちには、秘密の使命があるから」

「――秘密の使命？」

繰り返したナタリーが、「そんなの、どうせ」と言いながら前に向き直る。

「またぞろ、宝探しをさせるために、お菓子の詰まった宝箱を隠していたんでしょう」

どうやら的中したらしく、二人が小さく肩をすくめる。

そんなマリエンヌとシャルロットをよそに、ナタリーが「だけど、そういえば」となにかを思い出したように告げた。

「さっき迷路にいた時に思ったんだけど、なんか、管理人の数が夕食前より増えていなかった？」

「え、本当に？」

マリエンヌが驚いたように受け、シャルロットが、「え、でも」と訊き返す。

「そんなことって、ある？」

「ないよ」

否定したアンリが、「僕が」と告げる。

「監視塔で防犯カメラの映像をチェックしていた限りでは、特に人数が増えたということはなかったし、だいたい、人数が増えるって、どういうことだい？」

ここは、天下のベルジュ家の私有地である。警備は万全で、知らない人間が入ることはできない。つまり、先に決められた人数より増えるということは、まずありえなかった。

そのあたりのことはナタリーも重々承知しているので、「ま、そうよね」とうなずいてあっさり意見を翻す。

「なら、私の勘違いね。――なんといっても、疲れ切っていたから」

だが、そんな会話がかわされる中で、ユウリはふと思い出していた。

夕方、まだシモンが一緒にいた時に、ユウリが迷路の中で出会ったロココ調の衣裳《いしょう》を着た女性――。

彼女は、いったい誰であったのか。

あれ以来見かけていないが、彼女は「迷路の管理人《メイズ・マスター》」の一人ではなかったのか。

気難しげな表情で考え込んでいたユウリであったが、長い廊下《ロングギャラリー》の中ほどに差しかかったところで、そこの壁にかかった絵に見入っているシモンの姿を見いだして、意識が一気にそっちに向く。

淡い灯火の下、黒い夜会服をまとって立つ姿は、いつにも増して高雅かつ優美で、まさにその場に大天使が降臨したかのようである。

見惚《みほ》れつつ、ユウリは声をかけた。

「シモン！」

「――やあ、ユウリ」

振り返ったシモンが破顔し、腕を伸ばしてユウリの肩を引き寄せながら言う。

「とっくに部屋に戻っていると思っていたのに、意外と遅かったんだね」

それから、軽く水色の瞳を細めて訊く。

「もしかして、やんちゃ坊主たちが、なにかやらかした？」

「そういうわけでもないけど、シモンこそ、戻るの、早くない？」

「ああ、まあ」

応じながら腕時計を見おろしたシモンが、さらりと付け足す。

「葉巻の煙が嫌で、食後のコーヒーはパスしてきたんだよ」

そんな二人の背後を、アンリが就寝の挨拶《あいさつ》をしながら通り過ぎる。

「おやすみ、兄さん、ユウリ」

「ああ、おやすみ、アンリ。今日はご苦労様。――明日も頼んだよ」

「了解《ダコール》」

兄弟のやり取りのあとで、ユウリが付け足す。

「よい夜を、アンリ」

「ユウリも」

続いて、マリエンヌとシャルロットが頰《ほお》にキスしながら挨拶した。

「おやすみなさい、お兄様、ユウリ」

「おやすみ、双子」

「やあ、マリエンヌ、シャルロット、よい夜を――」

二人がキスを返しながら答えたあと、最後にナタリーがシモンの肩に手をかけて「言っておくけど、シモン」と忠告した。

「ただ座ってご飯を食べていた貴方《あなた》と違って、子供たちを相手に駆けずりまわっていたユウリはへとへとに疲れているんだから、あまり貴方のわがままで遅くまで付き合わせては駄目よ」

「――うるさいな」

鬱陶《うっとう》しそうに応じたシモンが、続ける。

「言われなくても、それくらいわかっているよ」

「どうだかね」

それから、ユウリにウィンクしたナタリーが、「じゃあ、おやすみ、ユウリ」と言ってから付け足した。

「眠くなったら、話の途中でもいいから部屋に戻って寝なさいね。――明日は本番なんだから」

いったいなんの本番なのか。

本来、本番はあくまでも「諸聖人の日《トゥーサン》」の式典であり、明日はただの前夜祭に過ぎない。

笑ったユウリが、言い返す。

「ナタリーこそ、ゆっくりお風呂に入って疲れを取って」

「ありがとう《メルシボクゥ》」

去っていく四人の背中を見送り、静かになったところで、シモンがユウリに言う。

「ナタリーの言葉ではないけど、ユウリ、もし疲れているようなら、おしゃべりはやめにして、このまま部屋まで送るけど？」

「大丈夫」

答えたユウリが、「シモンが」と付け足した。

「疲れていないなら、せっかくだし、少しおしゃべりがしたいかも」

「よかった。それなら、寝つきがよくなるように、ココアかカモミールティーでも淹《い》れさせよう」

そこで、二人して書斎へと移動する。

道々、ユウリが尋ねる。

「そういえば、さっきシモンが見ていた絵、今まで一度も見たことがない気がしたんだけど、前からあったっけ？」

「おや。さすが目ざといね、ユウリ」

誉《ほ》めたシモンが、「実は」と説明する。

「今回、建物を増設するにあたって、この土地に関する資料を探していた時に、地下の倉庫で見つけたんだよ」

「そうなんだ？」

「気づいたかどうかわからないけど、あの絵は、まさに、あの場所に迷宮があったことを示す絵で、話題としてタイムリーだから飾ることにしたんだ。でもよく見るとおかしな点が多く、調べたら来歴も少し変わっていた」

「来歴も？」

シモンの横顔を見あげて問い返したユウリに、「そう」とうなずいたシモンが教える。

「記録によると、どうやら前世紀の半ば頃、僕の曾祖父《そうそふ》にあたる人が、ロンドンで行われたオークションで手に入れたもののようだけど、正直、画家の腕はいまひとつで、わざわざロンドンまで出向いて競り落とすほどのものではない」

「それなら、なんで、そのご先祖様は購入に踏み切ったんだろう？」

「それは、間違いなく内容のせいだろうね」

「内容？」

　そこで、シモンが背後を振り返って言った。

「あの絵の背景に描かれているのは、形といい、青いとんがり屋根を持つ特徴といい、間違いなく、この城だ」

「ああ、だから」

　城に住まう人間として、シモンの曾祖父は手に入れる気になったのだ。

　シモンが、「ただ」と説明する。

「不思議なのは、そもそものこととして、この城を描いているわりに、最初の持ち主であるエリオット・フレイザーは——言い換えると、あの絵を描かせた人物ということになるわけだけど、英国貴族で、この城とは縁もゆかりもない人なんだ」

「へえ」

　意外そうに受けたユウリが、「それは」と認める。

「たしかに不思議かも」

「大いにね」

　話しながら書斎に着いた彼らは、そこで運ばれてきたカモミールティーを飲みながら、会話を続ける。

「しかも、さっきも言ったように、今回、あの絵がきっかけとなって、かつてあのあたりに迷宮が存在していたことがわかったんだ」

「ふうん」

「それだけではなく、迷宮についていて、この城にまつわる過去の支払い記録や備忘録などをひっくり返して調べてみたところ、存在したのは大規模な生け垣迷路で、今もところどころに残っている入り口付近の雑木林は、その時の名残であるようなんだ」

「そうなんだ？」

感心したユウリが、訊き返す。

「それって、いつ頃の話？」

「十八世紀半ばくらいかな」

ユウリが少し考えてから、確認する。

「それって、フランス革命のちょっと前ってことだよね？」

「そうだね。——当然、ベルジュ家はまだこの城とは関係なく、当時は、王家とも繋《つな》がりのあったルフォール家の所有だった」

「ルフォール家？」

繰り返したユウリが、びっくりしたように言う。

「その名前、歴史の授業で聞いたことがある！」

「だろうね。——ちなみに、母の実家はその末裔《まつえい》にあたる」

「え？」

ユウリが、目を丸くする。

「それって、すごくない?」

「そうかい。──でも、日本にだって、トクガワ家の末裔やオダノブナガの子孫がいるのと同じで、脈々と続く血筋というのはどこにでも存在する」

「まあ、そうだけど……」

「それに、それを言ったら、隆聖《りゅうせい》さんだってそうだろう?」

スマートフォンの画面を操作しているシモンが、日本にいるユウリの従兄弟《いとこ》の名前を引き合いに出して主張する。

「あの家も、歴史的に有名だと聞いているよ」

「たしかに」

認めたユウリに、「ああ、あった」と呟《つぶや》いたシモンが、ある写真を見せるため、スマートフォンを差し出した。

「小さくてわかりづらいと思うけど、これ、さっきの絵を撮ったものなんだ」

受け取ったユウリが、画面を確認して言う。

「本当だ。背景にあるのって、このお城だね。──ということは、ここに描かれているのが、当時存在したという迷宮?」

ユウリが、画面の真ん中らへんを指して訊く。

そこには、円形の囲いの中に、よく教会の床などに描かれるような複雑に入り組んだ迷路の立体図が描かれ、中央に矢をつがえた男の人がいた。

しかも、よく見ると、その矢の狙う先には人頭馬身のケンタウロスがいる。

さらに、少し離れたところでは、別のケンタウロスが女性に小瓶のようなものを手渡していて、迷宮の上には、糸巻きを持った女性が矢をつがえる男の上に糸を垂らしていた。

ユウリには理解不能だが、なんとも寓意《ぐうい》に満ちた絵であるようだ。

シモンが、「いや」とユウリの指先にあるものを見て、否定する。

「繰り返しになるけど、存在したのはあくまでも生け垣迷路で、しかも、記録には、補足として『ヴェルサイユ宮殿の生け垣迷路を模す』と書かれていたので、おそらく、もっと規模の大きなものだったと考えられる」

顔をあげたユウリが、意外そうに首を傾《かし》げる。

「あれ、ヴェルサイユ宮殿に、迷路なんてあったっけ？」

ユウリは一度だけ行ったことがあるが、あまりに広いため、隅から隅まで見てまわったわけではない。

だから、自分が見落としただけかと思ったのだが、どうやらそうではないらしい。

シモンがすぐさま否定する。

「今はないよ。――昔は、あったって話」

「ああ、そういうこと」

　納得するユウリに、シモンが「でも」と続ける。

「ヴェルサイユにあった迷路のほうは、その時の様子を描いた絵が残されていて、それを見る限り、本当にただの森にしか思えない。唯一、ところどころに目印として、イソップ童話をテーマにした彫刻があったらしく、それが一緒に描かれているので、辛《かろ》うじて迷路にいることがわかるくらいだ」

「ふうん」

　うなずいたユウリが、「それを」と確認する。

「模したというのなら、この城にあったのも、やっぱり迷路というよりは、森に近いものだったんだろうね。――そういえば、さっき、あのあたりの雑木林はその名残だと、シモン、言っていたもんね」

「うん」

　認めたシモンが、「だから」と告げる。

「今回の『ハロウィン・メイズ』には、その頃に作られたと思われる彫刻の残骸《ざんがい》や石積みなどが手つかずのまま使われている」

「あ、言われてみれば」

　シモンにスマートフォンを返しつつ、ユウリが記憶を辿《たど》るように上を向いて考える。

わかってくる。

　こんな話を聞いていると、この城がいかに歴史的に重要な場所であるかが、実感として
「……なるほどねえ」

「君がどれのことを言っているのかはわからないけど、たぶんそうだと思う」

「演出が細かいと思ったけど、あれ、前からあったものなんだ」

「そう？」

「ところどころ、それっぽいものがあった気がする」


　カモミールティーを飲んだユウリが、「それなら」と尋ねた。

「最初に言っていた、おかしな点というのは？」

「ああ」

　ユウリにしてはよく覚えていたなというように澄んだ水色の目をわずかに大きくしたシモンが、「あれは」とふたたびスマートフォンの画面を見せながら説明する。

「ほら、見てわかるとおり、この絵、構図が少しバラバラでね」

「バラバラ？」

　見てもあまりわからなかったユウリが、訊き返す。

「どこが、バラバラ？」

「それは、さっきリュカも言っていたように、本来、こうした迷路の中心にいるのは牛頭

人身のミノタウロスであるのが定石なのに、この絵には――」

　ユウリが応じる。

「人間しかいない」

「そう。彼は、ミノタウロスを倒したテセウスと考えていいはずだけど、ただし、剣ではなく矢をつがえていて、その矢の先にいるのも、宿敵であるミノタウロスではなく、人頭馬身のケンタウロスだ」

「たしかに」

　ユウリがうなずき、シモンが顎《あご》に手を当てて「おそらく」と推測する。

「ここまで意図的に描かれているということは、この絵には、この城にまつわるなんらかの謎《なぞ》が秘められているのだろう」

「謎？」

　興味を示したユウリが、煙るような漆黒の瞳を向けて訊いた。

「どんな？」

　だが、そこで両手を開いて肩をすくめたシモンが、「それは」と告げる。

「残念だけど、もっとよく調べてみないことにはわからない」

「――そっか。そうだよね」

　おそらく、学生の本分と事業主の後継ぎとしてのあれこれを両立する中、シモンには、あまりよけいなことに費やす時間はないのだろう。

　それでも、物事を中途半端な状態にしておかないのがシモンである。

「まあ、おいおい調べてみるので、わかったら必ず教えるよ」

「ほんと？」

「約束する」

　シモンの約束は、絶対だ。

　また一つ、この城を訪ねる楽しみができたユウリが、そこで小さく欠伸《あくび》をした。

　考えてみれば、日本を発《た》ってから今まで、機内で仮眠を取っただけであるため、さすがに限界が近づいている。

　気づいたシモンが、飲んでいたカップを置き、腰をあげて言った。

「さて、明日もあるし、僕らもそろそろ寝るとしようか」

「そうだね」

　うなずいて立ち上がったユウリに対し、シモンがさり気なく、「あ、そうそう、ユウリ」と尋ねた。

「最近、アシュレイからなにか連絡はなかったかい？」

「――アシュレイ？」

　一瞬、ドキリとしたユウリが、慎重に答える。

「……向こうからはないけど、なんで？」

「いや」

考えるように視線を伏せたシモンが、ややあって言う。

「ないならいいんだ……」

答えたあとで、先ほどのユウリの返答の微妙さに気づいたらしく、「向こうから？」とつぶやき、軽く眉《まゆ》をひそめて訊き返した。

「――向こうからってことは、君からは連絡をしたということ？」

「そうだね。……連絡というか、ちょっとした中継を」

素直に認めたユウリが、事の起こりとして、アレックスから連絡があった経緯を簡単に話す。

「――なるほど、アレックスがねえ」

聞き終わったシモンが、「ということは」と話を整理する。

「君はアレックスに頼まれて、アシュレイに、アレックスに連絡するようにメールをしただけで、その後、アレックスからもアシュレイからも連絡はなく、彼らの話がなんであったかとか、なにがどうなったのかということは、まったくわからないんだね？」

「うん」

ユウリはあっさりうなずいた。

　ユウリにしてみたら、シモンにアシュレイのことを訊かれるまで、そんなことがあったことすら忘れていたくらいである。

　ふつうならもっと気になりそうな話であるが、こののん気さがあるからこそ、ユウリはアシュレイのような人間に対しても寛大でいられるのだろう。

　肩をすくめたシモンが、小さくつぶやく。

「となると、そのうちなにか動きがあるのは間違いなさそうだけど、それでなんであんな話に……」

　その悩ましげな様子を見あげたユウリが、心配そうに問いかける。

「……えっと、シモン、大丈夫？」

「ああ、うん。ごめん、なんでもないよ」

　こんな夜更けでも高雅さを損なわないシモンが微笑み、二人は、書斎を出ながら就寝の挨拶をかわすと、それぞれの部屋へと戻って行った。

2

ユウリとシモンが書斎で話していた頃。

客室の一つでは、晩餐会《ばんさんかい》から戻った夫婦が、夜会服を脱ぎながら忌憚《きたん》のない意見をかわしていた。

「それにしても、シモンは、見た目も実力も、どんどん人間離れしていくわね。将来が楽しみじゃない」

「というか、いっそ、気味が悪いくらいだよ」

妻のネックレスを外してやりながら、夫が言う。

「さっきクレモンなんかと話していたんだが、この前、彼、全権大使としてアメリカに乗り込んでいっただろう?」

「ええ」

「あっちじゃ、あの後、とんでもない騒ぎになったらしいぞ」

「騒ぎ?」

「そう」

カラーストーンがきらめくネックレスを妻の手に渡しながら、夫が続ける。

「ギョームが健在なうちに、息子のシモンをアメリカに送り込んで、経営統合する気じゃないかって」

「経営統合ね。――あの親子ならやりかねないわ」

「ああ。――しかも、一部には、それを望む動きも出てきているって」

「あらあら」

妻が唇を妖艶《ようえん》に歪《ゆが》めて笑い、皮肉げに言う。

「きっと、彼のあの顔とカリスマ性にやられちゃったのね。――あちらには、女性の重役も多いから」

それを横目に見て、夫が肩をすくめて応じる。

「空恐ろしい。お前も気をつけてくれよ」

「やあねえ」

まんざらでもなさそうな妻から離れ、上着を脱ぎつつ、夫が言う。

「彼があれじゃあ、リュカなんか、かわいそうだと思うぜ。同い年というだけで、ことあるごとに比べられて」

「あら、それを言ったら、むしろ、リュカがふつう過ぎるのよ。年のわりに子供っぽいし。あれでは、この先、どこかの重役にするのも不安でしょう」

「そんなの、男なんて、社会人になれば変わるものさ」

「そう？」

おもしろいことに、親戚の中では、女性はシモンに味方しがちで、男性は、どちらかというとリュカを始めとする凡庸な青年の味方をする。そこには、若き才能への飽くなき嫉《しっ》妬《と》心《しん》があるのだろう。

カフスボタンを外した夫が、それを灰皿に投げ入れながら続けた。

「なんであれ、シモンが直系長子でよかったよ」

「そうね。おかげで、ベルジュ帝国は、この先何十年かは安泰だもの」

「いや、そういう意味ではなく」

夫が、イブニングドレスを脱いでいる妻にふたたび近づきながら言った。

「あんな怪物みたいに出来のいい奴《やつ》が傍系にいたら、本家は、いつ、そいつにすべてを乗っ取られるかとびくびくしていないといけない」

「ああ、たしかに、そうね」

肩に置かれた夫の手にキスを落とした妻が、「その点、うちは」と家族を顧みて言う。

「まだ幼いし、シモンとはちょっとだけ世代が違うからよかったわね」

「まあな」

と、その時。

子供部屋にしている続き間の扉が開き、寝ているはずの子供が顔を覗かせた。

彼らのように幼い子供のいる夫婦には、こうして子供部屋として使える続き間のある客室があてがわれ、高校生以上の子供がいる夫婦は、夫婦で一部屋、その子供たちは数人まとめて相部屋にしてあった。

それでも城に泊まりきれなかった家族は、近くの五つ星ホテルを貸し切りにし、そこに部屋があてがわれている。

子供の登場に、慌てて夫のそばを離れた妻が、脱ぎかけたイブニングドレスをまとい直して、そばに寄っていく。

「マルク。貴方、どうしたの。寝ていたんじゃなくて？」

「……だって、ジョエルが」

「あの子が、なに？」

子供の背後に視線をやった妻が、マルクを夫に預けて子供部屋を覗く。すると、寝ていたはずの兄のジョエルが起き出して、あちこち荷物をかき回していた。

「ジョエル、こんな遅くになにをしているの？」

振り返ったジョエルが、訴える。

「ゲーム機を失《な》くしたんだ」

「どこで？」

「わかんないけど、夕方、ご飯を食べている時はあったんだよ！」

癇癪《かんしゃく》を起こしたように吐き捨てる息子に、妻が溜《た》め息《いき》をついて言う。

「それなら、きっと向こうで落としたんでしょう」

するると、顔をあげたジョエルが言った。

「じゃあ、今から行って捜してくる」

「駄目よ。明日にしなさい」

妻が厳しい声で言い、ベッドを指さして言った。

「ほら、もう寝るのよ」

「いやだ！」

「わがまま言わないの。朝になれば、どうせまた向こうに朝食を食べに行くでしょう。その時に、捜せばいいじゃない。私からも、アンリかリュカに、一緒に捜してくれるように頼んでおくから」

「――でも、そうしたら、それまでゲームができない」

「いいじゃない」

腰に手を当てて威圧的な態度になった妻が、「少し」と凄《すご》みをきかせて言う。

「貴方は、ゲームから離れたほうがいいのよ」

「やだよ。ヤダヤダ」

地団太を踏んで主張したジョエルが、「やっぱり」と主張する。

「捜しに行く」

「駄目と言っているでしょう」

それから、「ヤダヤダヤダ」と言って泣き出したジョエルを強引にベッドに追いやり、さらに背後を振り返って「マルク」と下の子供を呼びつける。

「来なさい、貴方も寝るのよ。——ねえ、ピエール、貴方からもなんとか言って」

夫を呼びつけると、ドアのところに立ったピエールが、「ジョエル、マルク」と厳しい声で告げた。

「お母さんの言うことを聞きなさい。でないと、永遠にゲーム機を取り上げるぞ」

「そんなの、ひどい！」

「お前がわがままを言うからだ」

そこで、ジョエルが泣きながら、マルクはすごすごと、ベッドに入る。

それを見届け、妻と夫は「おやすみ」と言って電気を消し、ドアをバタンと閉めた。ふだんは子守に預けっ放しであるため、子供がぐずることには苛立《いらだ》ちを隠せないようである。

訪れた暗がりの中、しばらくはジョエルのすすり泣く声が聞こえる。

やがて、それが収まってきたところで、マルクがそっと声をかけた。

「ジョエル？」

だが、応《こた》える声はなく、弟がさらに言う。

「寝たの、ジョエル？」

それにも応える声はなかったが、マルクは気配で兄がまだ起きているとわかっていた。

「ジョエル、大丈夫だよ。明日、僕も一緒に捜してあげるから」

すると、隣のベッドで急にムクリと起きあがったジョエルが、「やっぱり」と決然とした声で告げた。

「明日まで待てない」

「でも、お母さんは明日にしろって……」

「わかっているけど、無理だ。がまんできない。今から行って捜してくる」

「でも、外、真っ暗だよ？」

窓の外を見て訴えた弟に、ジョエルが着替えながら言った。

「うるさいな。それより、サイドテーブルの下に懐中電灯があるだろう？」

そこで、ベッドから身を乗り出して確認した弟が、身体《からだ》を戻してうなずく。

「うん、ある」

「それがあれば、大丈夫だ」

マルクが、恐る恐る問いかける。

「本当に、行くの？」

「行く」

　そこで、ジョエルが弟を見て訊いた。

「お前、一緒に来てくれるか？」

「……え、でも」

　ふたたび窓のほうに視線をやり、その暗さに身震いしたマルクが、「やっぱり」とおずおずと助言する。

「明日にしたほうがいいよ。そのほうが明るいし」

「いやだね。がまんできないと言っただろう」

　それから、弟に究極の選択を迫る。

「だから、マルク、お前は来るのか、来ないのか――」

「……わかった、行くよ」

　しぶしぶ応じた弟が兄に急《せ》かされながら着替え、それがすむと、二人は懐中電灯を手に夜の闇《やみ》の中へと出ていった。

3

夜半。

空には、舟形の月が出ていた。

ブルシエル城の青いとんがり屋根とその上に浮かんだ月が、一枚の絵画のように見事なコントラストをなしている。

静まり返る城内。

生きている者たちは、今やすっかり眠りに落ち、生者の世界が動きを止める。

と――。

ボオン。

ボオン。

時計が夜中の二時を告げた。

それでも、しばらくはなにも起こらない。

あたかも、魔法をかけられて時の止まったおとぎ話の城のように、なにもかもが静けさの内にある。

だが、ある瞬間を境に、なにかが変わった。

誰もいない――、あるいは、誰も見ていない廊下や応接間で、風もないのにフワッとカーテンが揺れたり、天井や柱がピキッと奇妙な音を立てたりし始めた。

さらに、暗い部屋を映し出す鏡には、時おりスイッと白い光球のようなものが飛び回る様子が映し出される。

なにかが――。

目に見えないなにかが、生者の代わりに城の中を動き回る。

だが、それらは誰にも気づかれることなく、そうして気づかれない限り、なにも起きていないに等しいといえた。

同じ頃。

「ユウリの間」と呼ばれる部屋で心地よい眠りに落ちていたユウリは、夢に囚《とら》われたまま身体をずらして寝返りを打った。

その手が、なにかを払うように顔の横で動く。

一回。

二回。

それから、ふたたび寝返りを打ち、その表情が軽く歪む。

いったい、どんな夢を見ているのか。

どうやら、あまりいい夢ではなさそうだ。

そんな彼のかたわらでは、白っぽい影が揺らぐように動きながら、部屋の中を行ったり来たりし始める。

ほどなくして、ベッドの上のユウリが呻《うめ》くように小さく声をあげ、次の瞬間――。

パッと。

ベッドの上で目を覚ました。

いったいなにが起きたのか――。

だが、どうやら、それは本人にもわからない様子で、ユウリは、ゆっくりと身体を起こし、探るような表情であたりを見まわす。

右から左へ。

さらにもう一度、今度は左から右へ。

すると、一度目は止まらなかったある地点で、ユウリは首の動きを止め、煙るような漆黒の瞳で夜の闇を見つめた。

ややあって、その瞳が細められ、ユウリは空間に向かって問いかける。

「――それで、僕になにを見つけてほしいと?」

それに対し、かすかに空間を揺るがして、消え入るような声が答えた。


出口を……。

「出口……?」

繰り返したユウリであったが、その時にはもう、白い影のようなものは部屋から消え失《きう》せてしまっていて、詳しいことがわからないまま、ユウリは静かな夜の暗がりにポツンと取り残されていた。

4

翌日の午前中。

朝というには遅いが、正午にはまだけっこう間のあるうちに、リュカは、身支度を終えて部屋を出た。

しかも、かなりの仏頂面だ。

というのも、同室の青年の――従兄弟とかはとことか、そんな関係性であったはずだが――いびきがうるさくてよく眠れなかったのだ。すでに社会人になっているその青年は、大人たちの晩餐会に出席できたため、いいワインをたらふく飲んだのだろう。

（まったく、こっちは、子供だましのブドウジュースだっていうのに。……マジでやっていられないぜ）

こんなところとは早くおさらばして、とっとと付き合い始めたばかりの彼女と、あれやこれやを楽しみたいところである。

（あと一日）

「諸聖人の日《トゥーサン》」さえ過ぎてしまえば、好き勝手に暮らせる。

とはいえ、その前に、彼にとっては最大の難関が待ち構えていた。

なんといっても、今日は、暦の上でのハロウィーンだ。

異端色の強いこの風習は、カトリック教徒の多いフランスではあまりメジャーな催しではなかったが、ここ数年、熱心な信者が減る一方で、日本のアニメの影響でコスプレをする人間が増え、そこから若者の間で、本義的なハロウィーンではなく、ただただ仮装を楽しむハロウィーン・パレードが急速に広がりを見せたのだ。

「ジャポニズム」ならぬ、「ネオ・ジャポニズム」だ。

（そう考えると、ヨーロッパの文化は、定期的に日本の影響を受けていることになる）

ただし、ここ数年、ハロウィーンの集まりが暴徒化する傾向にあるため、参加には注意が必要だ。

もっとも、リュカ自身は仮装にまったく興味がなく、子供たちのために企画された今回のハロウィーン・パーティーも、地獄以外のなにものでもない。

（……ああ、最悪だ）

いちおう、海賊の恰好《かっこう》をすることにはなっていたが、なんとかパスできないものかとずっと考えている。仮装なんて、ただ時間がかかって面倒くさいだけなのに、精巧な生首まで作ってはしゃぎまわっているナタリーなど、気が知れない。

（とどのつまりは、バカなんだよ）

考えながら欠伸をしたリュカを、その時、親戚の一人が呼び止めた。

「リュカ」

「はい？」

反射的に欠伸を引っ込めにこやかに振り返ったリュカに、彼女が告げる。リュカの朧《おぼろ》な記憶では、ジョエルとマルク兄弟の母親で、名前はパトリシアだ。

「ねえ、リュカ。貴方、ジョエルとマルクを見なかった？」

当たった。

彼女は、ジョエルとマルクの母親であるパトリシアで間違いない。

リュカが訊き返す。

「今朝ですか？」

「そう」

「いえ、見ていませんけど」

すると、爪《つめ》を噛《か》んだパトリシアが、「昨日の夜」と、こっちが尋ねてもいないのに話し始めた。

「ジョエルが、ゲーム機を失くしたと騒いで、『ハロウィン・メイズ』に捜しに行くって駄々をこねたのよ」

「……はあ」

その話が自分を呼び止めたこととどう繋がるのかと思いながら、リュカは辛抱強く続きを聞く。

「その時、私とピエールは、明日にしなさいって言って寝かしつけたんだけど、今朝、起きたら、ジョエルとマルクの姿が見えなくて、たぶん、がまんできずに、二人して朝っぱらから捜しに行ったんだと思うの」

「かもしれませんね」

リュカが相槌《あいづち》を打つと、パトリシアはリュカの腕に手をかけ、顔を覗き込むようにして言った。

「ねえ、リュカ。貴方、これから『ハロウィン・メイズ』に行くんでしょう?」

「――ええ、まあ」

嫌な予感に襲われつつリュカが答えると、案の定、「だったら」とそのまま面倒事を押しつけられる。

「ジョエルとマルクを捜して、ついでに一緒にゲーム機も捜してやってくれない?」

「え、それは……」

あまり引き受けたくない頼み事であったため、彼は胸の前で両手を開き、「とりあえず」と交渉した。

「二人のことは、捜してみますよ。――『ハロウィン・メイズ』にいるんですよね?」

「ええ」

うなずいたパトリシアが、「というより」と母親にしては曖昧《あいまい》な回答をする。

「それ以外に、行くところなんてないでしょう」

それから、リュカの腕から手を離し、「じゃあ」と軽い口調で念を押した。

「悪いけど、お願いね」

「わかりました」

聞き分けよく応じたリュカであったが、パトリシアの姿が見えなくなったとたん、

「チッ」と舌打ちして中指を立てる。

「ふざけんなよ。母親なら、自分で捜しに行けっての」

それが彼の本音であったが、この親戚の集まりでは、少しでも「ベルジュ家」の甘い汁が吸えるよう、できるだけ評判がよくなるように気をつける必要があった。

だから、しかたなく、頼まれたとおり、親戚の子供を捜すことにする。――ただし、朝食を食べたあとで。

「あいつらもあいつらだ」

彼は、「ハロウィン・メイズ」のある建物に向かいながら、一人グチグチと愚痴る。彼ら若い世代の朝食はそこに準備されているので、どっちにしろ、行く必要があるのだ。

「それでなくても手がかかるくせに、ゲーム機だと？　ああ、ホント、頭に来る。こうなったらもう、全員まとめて、どっかに行っちまえって感じだな」

まさか、それがジョエルとマルクに関しては的中しているとは思わずに、彼はさらに朝っぱらから呪《のろ》いの言葉を吐きながら、夜のうちに降り積もった枯れ葉を踏みしめて歩いていった。

5

　ユウリにゆっくり休んでもらうため、遅い時間に食事の約束をしたシモンは、午前中の早いうちにジョギングをして、さらに秘書のモーリスとの打ち合わせをすませてから、万全の態勢で朝食兼昼食《ブランチ》に臨んだ。

「やあ、ユウリ」

「おはよう」という時間帯でもないため、「ハロウィン・メイズ」のある建物にやってきたユウリをふつうの挨拶で迎え、中へと誘《いざな》いながら訊いた。

「よく眠れたかい？」

「……そうだね。おかげさまで」

　言葉どおり、ユウリは昨日より明らかに元気そうで、そこは、シモンも少しホッとする。

　ただ、返答に若干間があったのが気になり、すぐさま尋ねる。

「今の間は、もしかして、なにかあった？」

「……あ～、うん、ちょっと夢見がね」

「悪夢でも見てしまったとか？」

シモンの追及を受け、ユウリは「いや」と曖昧に首をひねった。

「悪夢とまでは言わないけど、誰かがなにかを訴えていた気がする。——ただ、残念ながら、僕自身が疲れていて眠かったせいか、その時のことを、あんまりよく覚えていないんだ」

ユウリが苦笑し、どこか遠くを見るように漆黒の瞳を翳《かげ》らせる。

「夜中に起きて、誰かと話した気もするんだけど……」

「誰かと？」

「うん」

「でも、誰であったかは……」

シモンが念のために問いかけ、ユウリがわからないというように首を横に振る。

「そうか」

納得するシモンに、ユウリが「まあ」と付け足した。

「なんであれ、時期が時期だし、比較的、昨日の夜は城全体が騒がしかったのは、間違いないよ」

シモンやその家族にとってはふだんとさして変わらない夜であったが、ユウリには、その違いがしっかりとわかったらしい。

そう考えると、明日行われる「諸聖人の日《トゥーサン》」の式典が、俄然《がぜん》意味を帯びてくる。

シモンが、澄んだ水色の瞳でユウリを見おろして謝る。

「なんか、変な時に呼んでしまって、申し訳ない」

「そんな、シモンが気にするようなことでは——」

ユウリが言いかけた時だ。

彼らの背後で、ワッと大きな声がした。

ハッとしたユウリが振り返ると、騒いでいたのは、十代半ばくらいの少年たちで、どうやら、誰かがジュースのコップをひっくり返したらしいと知れた。しかも、すでに自分たちで処理をし始めていて、あえて、ユウリたちが世話を焼きに出ていくまでもなさそうである。

顔を戻したユウリが、感慨深げに言う。

「なんか、こういう雰囲気って懐かしい……」

この場には、他にも小さい子供から大人への過渡期にある青少年まで、さまざまな年齢の子供たちがいて、陽光の降り注ぐカフェスペースに、笑い声や怒鳴り声が響きわたっている。

その様は、二人が共に過ごしたパブリックスクール時代の寮生活と酷似していて、シモンも「たしかに」と同調する。

「当時はまわりにいなかった女の子たちがいるという以外、状況はほぼ一緒だ」

そんな感慨に浸っている彼らのところに、お皿に山のように食事を盛りつけたナタリーが来て、「ねえ、ちょっと」とシモンに声をかけた。昨晩の夕食の時もそうであったが、これだけ大食いのナタリーが、ここまで見事なプロポーションを維持していられるというのは、いったいどうしたわけなのか。

ナタリーが、間髪を容《い》れずに訊く。

「リュカを見なかった？」

「見てないけど」

シモンが答えると、ナタリーはきれいな顔を歪めて文句を言う。

「もう。海賊メイクをしてくれって言っていたのに、どこに行っちゃったのかしら」

そのまま歩き去ろうとして、足を止めずにユウリに挨拶する。

「ど～も～、ユウリ」

「やあ、ナタリー」

「あとで時間があったら、お茶でもしましょう」

それに対し、「わかった」とユウリが了承するより早く、シモンが答えた。

「悪いけど、ユウリにそんな無駄な時間はないよ」

「ふん、だ。ケチ」

シモンに対して捨《す》て台詞《ぜりふ》を残し、ナタリーは去っていった。

　ユウリの予定について勝手に返事をしておいてすまし顔でコーヒーを飲むシモンに、微苦笑を浮かべたユウリが訊く。

「そういえば、シモン、午後はこっちにいるんだよね？」

「うん《ウィ》」

　大人たちは、近くの猟場に狩りに出ることになっていたが、ユウリのことを考え、さすがにそれはパスさせてもらうことにして、シモンもハロウィーン・パーティーに参加が決まっていた。

「それなら、やっぱり仮装をするんだ？」

「しないよ」

　あっさり否定し、シモンは言った。

「僕の場合、参加すると言っても、出たり入ったりすることになると思うから、基本、アンリと一緒に監視塔にいる」

　猟場には行かない条件として、明日の件で、業者などから急な問い合わせがあった時には、まずシモンが対応することになっていた。そのため、ハロウィーン・パーティーに参加はしても、どっぷりとつかるわけにはいかないということだ。

「そうか。まあ、そうだよね」

　納得するユウリに、「だから」とシモンが付け足した。

「ユウリも、やんちゃ坊主を相手に律儀にお菓子を配っていなくていいから、好きな時に監視塔にあがってくるといいよ」

午後のハロウィーン・パーティーでは、仮装した「メイズ・マスター」たちが、同じく仮装した子供たちに、お菓子や宝の在り処《ありか》のヒントを与えることになっている。

「わかった。ありがとう」

素直に答えたユウリであったが、結局、始めてしまえば夢中になって、疲れ果てるまで子供たちの相手をしてしまうのだろう。

そんなユウリの性格を知り尽くしているシモンは、適当なところでユウリを引っぱってこようと心に決めていた。

その後、いちおう準備のあるユウリと別れ、シモンはいったん城へと戻る。猟に出る前の父親を訪ね、簡単な打ち合わせをするためだ。今はなんでもメールですむ世の中だが、場合によっては、きちんと顔を見て会話をするのが大事だとシモンは考えている。

もっとも、本来、誰よりも早く新しい技術を取り入れていくタイプのシモンが、便利過ぎるネット環境に溺《おぼ》れずにいられるのは、ユウリが、現代社会ではありえないくらいネット環境とは距離を置いているおかげであった。

そのユウリの場合、新しい技術の習得に抵抗があるというよりは、「ネット環境」そのものに拒否反応を示しているらしい。

彼曰《いわ》く、いっさいの浄化作用が働かないネット上には、人々が解き放った負の感情がとぐろを巻いていて、触れる人間を少しずつ侵していくらしい。

無意識のうちに負のエネルギーに触れてしまうこと自体は、日常生活で遭遇する頻度と大差ないようだが、風も吹かないネット上では、現実世界に比べ、どろどろした負のエネルギーが日増しに色濃くなっているということだった。

つまり、ユウリにとって、ネット環境は、浄化も風化もされていない過酷な戦場跡や拷問部屋に等しい存在なのだ。

踏み込まずにいられる限り、踏み込みたくない。

どうしても通らなくてはならない時は、それなりの防御をして通るしかないということであった。

正誤はともかく、それは、理屈として妙に納得できるとシモンは思うし、ストレス過多になった人間が、電子機器を封印し、大自然の中に身を置くことで癒《い》やしを得るという昨今の風潮とも合致している。

技術の進化は止められない。

ただ、それをどう活用していくかは、個人で選択できる問題である。

父親と三十分ほど雑談を交えて話し合い、部屋を辞したシモンは、階段をおりている途中、ポケットで鳴り出したスマートフォンを取り出し、画面を確認したところで立ち止まり、塑像のように整った顔をしかめた。

そのまましばらく考えていたが、結局簡単に返信してスマートフォンをしまう。

すると、今度は、そのタイミングで背後から声をかけられた。

「あ、シモン」

「パトリシア」

呼び止めたのは、ジョエルとマルクの母親だった。親戚の集まりであれば、年齢に関係なく名前を呼びあうことが多く、名前がわからない時に限り、みんな「おじさん《オンクル》」とか「おばさん《タント》」で誤魔化している。

「ね、シモン。貴方、午前中『ハロウィン・メイズ』に行っていたのよね?」

「ええ」

「それなら、うちのジョエルとマルクを見なかった?」

「見ていませんよ」

即答したシモンが、「だから」と付け足した。

「てっきり、部屋で仮装の準備でもしているのだとばかり思っていましたが、一緒ではなかったんですか?」

リュカと違い、シモンは遊んでいるように見えても、きちんと自分のなすべきことをなしている。つまり、「ハロウィン・メイズ」の建物に行った時には、そこで誰がなにをしているかを、おおよそ把握していた。

「一緒じゃなかったわ。——というより、実は、朝から見ていないの」

爪を噛みながら応じたパトリシアに、シモンが眉をひそめて訊き返す。

「朝から？」

「そうよ」

うなずいたパトリシアが、シモンの瞳に非難の色を読み取り、「それで」と慌てて付け加えた。

「リュカに、二人を捜すように頼んだんだけど、そのリュカとも連絡が取れなくなってしまって」

「リュカも……？」

シモンが、もの思わしげにその名を繰り返す。

言われてみれば、ナタリーも彼を捜していた。つまり、彼の姿も、ここしばらくどこにも見えないということになる。

嫌な予感がした。

そんなシモンに、パトリシアが、リュカに告げたのと同じことを話して聞かせる。

聞き終わったシモンが、すぐさまスマートフォンを取り出し、異母弟のアンリに電話しながら言う。

「これから確認してみて、姿が見えないようなら、午後の狩りを中止にして、みんなで手分けして捜しましょう」

「え、でも、そんな大事にはしたくないわ。みっともない」

子供の姿が朝から見えないというのに、心配より体面を気にするパトリシアに、シモンは冷めた視線を向けて短く告げた。

「言っておきますが、パトリシア。これは大事ですよ」

それから踵《きびす》を返し、電話に出たアンリに告げる。

「悪い、アンリ。大至急確認してほしいことがあるんだ。──僕も、すぐそっちに行くけど、昨日の夜中の防犯カメラの映像の中に、ジョエルとマルクの姿が映っていないか、チェックしてくれないか。──うん、そう。頼んだよ」

それから、背後でおろおろしているパトリシアを残し、彼は城を出ていった。

第四章　迷路の異邦人

1

ユウリは、別室にマリエンヌとシャルロットが用意しておいてくれた黒いフード付きのマントを羽織り、全体的に細長くごつごつしていて上部が丸く渦巻いた杖《つえ》を手に持ったところで、姿見に自分の姿を映した。

「魔法使い」の出来上がりだ。

昨今流行の魔法学校の衣裳《いしょう》にされなかったのは、そのほうがユウリには似合っているという双子の姉妹の判断だ。事実、ふだんから神秘的な雰囲気を漂わせるユウリが、今のような恰好《かっこう》をすると、それだけで神話やおとぎ話の世界が成立した。

もっとも、こんな立派な杖は、どこで手に入れたのか。

マントも手触りが天鵞絨《ビロード》めいていて、とてもではないが、ハロウィーングッズとしてそのへんの店で売られていたものとは思えない。

もしかしたら、どちらも特注品であるのかもしれなかった。

「ハロウィン・メイズ」の前で迎えてくれたマリエンヌとシャルロットが、「きゃ」と異口同音に叫んで、左右から飛びついてきた。

「すてき、ユウリ！」

「似合う！」

「魔法使いそのもの」

「――というか、ドルイド？」

かく言う二人は、青いドレスに白いエプロン姿で、完璧《かんぺき》な双子のアリスになっている。

パーティー会場となる「ハロウィン・メイズ」の中は、すでに親戚《しんせき》の子供たちや興味本位でついてきた大人たちでごった返していた。

マリエンヌが、ユウリに籠《かご》を持たせて告げる。

「これ、お菓子、いくら配ってもいいから」

「足りなくなったら、補充して」

「あと、こっちのカードには、宝物の隠された場所を示すキーワードが書かれているの」

「だから、迷路内に用意された問題の答えを言えた子供に渡してあげてね」

「――え、答え？」

ユウリが覚束《おぼつか》なげに繰り返すと、シャルロットが笑って付け足した。

「大丈夫。答えは、籠の底に敷いた紙に書いてあるから」

「――よかった。ありがとう」

「どういたしまして」

シモンの言いつけだろうが、彼女たちは極力ユウリに負担をかけないよう、至れり尽くせりの準備をしておいてくれたようだ。そこで、言われるがまま、カードとお菓子の入った籠を片手に、いつの間にかけっこう大がかりな仕掛けが施されていた迷路内へと足を踏み入れる。

中は活気づいていて、あちこちから子供のはしゃいだ声が聞こえてくる。

「お菓子《デボンボン》をくれなきゃ、魔法《ウアンソール》をかけてやるからな！」

それは、英語で「トリック　オア　トリート」に相当する言葉だ。

ユウリも、すぐに「デ　ボンボン　ウ　アン　ソール」と言われ、魔法をかけられては大変だとばかりに、子供にお菓子を差し出した。

すると、ユウリの手からひったくるようにお菓子を奪った小さな海賊が、走り出しながらからかった。

「へ～、魔法使いのくせして、魔法が怖いんだ～」

（たしかに）

そうかと思うと、まだ全部を言えなくて、ひたすら「デ　ボンボン、デ　ボンボン」と訴えかけてくる小さな子供もいて、ユウリはその子の引きずっている袋にお菓子をたくさん入れてやる。

「デ　ボンボン　ウ　アン　ソール！」

「デ　ボンボン　ウ　アン　ソール！」

「デ　ボンボン　ウ　アン　ソール‼」

言われるたびにお菓子を配り歩いていたユウリは、ふと、迷路の先にロココ調のドレスを着た貴婦人がいるのを見かけて、立ち止まる。

昨日も見かけた、あの女性である。

髪を高く結い上げ、整った顔は白粉《おしろい》で白んでいる。

ただ、よくよく気をつけて見れば、子供たちの放つ熱気と喧騒の中で、その貴婦人のまわりだけがやけに静かで、温度も低い。まるで、その空間だけが、この場から切り離されているかのような違和感がこちらまで伝わってきた。

（……そうか、この人って）

漆黒の瞳《ひとみ》を翳《かげ》らせて思いながら、ユウリは声をかけてみる。

「――あの、すみません」

顔をあげた女性は、だが、ユウリのほうを見ず、地面に目をやったまま訊《き》いた。

「ねえ、私の耳飾りを見なかった？」

「……耳飾り？」

繰り返したものの、どうやら彼女はユウリに言ったわけではなさそうで、すぐに、さっきと同じように地面に屈《かが》み込《こ》んでなにかを捜し始める。

聞こえているようで、ユウリの声などまったく届いていないらしい。

（耳飾り……）

ユウリは、貴婦人を見ながら考える。

実際、女性の耳には、片側にだけ大きな耳飾りがさがっている。

「アンティーク」と言ってしまえばそれまでだが、中央に見える梨形《なしがた》をした宝石のきらめきは、間違いなくダイヤモンドのそれだ。

五カラットはあると思われる梨形のダイヤモンド。

それが、本来は対になっているのかと思うと、その豪華さに圧倒されてしまう。

現実に、そんな高価なものを落としたのだとしたら、大変な騒ぎになるところであったが、昨日からずっと同じものを捜しているらしいその貴婦人が、仮装した現代の女性でないことは、すでにユウリにはわかっていた。

ハロウィーンに彷徨《さまよ》い出てきた、過去の亡霊の一人だろう。

ベルジュ家の関係者なのか。

それとも、それより前の人間か。

おそらく、服装から見て、前の人間と考えていい。

ロココ調なら、十八世紀半ばくらいだろう。

無駄かと思いつつ、「マダム」とユウリが声をかける。

「よければ、一緒に捜しますけど、どこで落としたかわかりませんか？」

すると、それまでずっと地面を見ていた女性が、ハッとしたように顔をあげ、ユウリのほうを驚いたように眺めた。

ややあって、おずおずと訊き返す。

「……貴方《あなた》、私の声が聞こえるの？」

「ええ」

うなずいたユウリが、確認する。

「耳飾りを落としたんですよね？」

「そう……」

答えながら、貴婦人は、見えないものに触ろうとするかのように、ユウリのほうに手を伸ばす。

それに伴い、なんとも冷たい霊気がユウリを襲った。

軽く身震いしたユウリが、改めて尋ねる。

「どこで落としたんですか？」

「わからないの」

そう言って悲しげに視線を落とした貴婦人が、ふたたび舐《な》めるように地面を見つめ、

「でも」と訴えた。

「なんとしても、見つけないと。……見つけてあげないと、かわいそう。いつまでも、あんなところにいたら、どこにも行けない」

「……あんなところ？」

それは、いったいなんのことであるのか。

わからないまま、ユウリがそっと問いかける。

「見つけないといけないのは、耳飾りだけですか？」

「見つけないと……」

貴婦人が、ユウリの問いを無視して言う。

「見つけてあげないから、呼ぶのよ。一人、また一人って――」

「え？」

驚いたユウリは、とっさに考える。

（一人、また一人って……）

それはまるで、そうやって呼ぶことで、こちら側の人間を向こう側へと連れ去るみたい

ではないか。

しかも、時期が時期であれば、それもあり得ないことではない。

ゾクリとしたユウリが、確認する。

「それって、まさか、この瞬間にも誰かが行方不明になっているってことですか？」

尋ねるが、やはり無視され、勝手なことを呟《つぶや》かれる。

「ああ、かわいそうに、みんな迷ってしまって。早く見つけてあげないと、手遅れになるわ。扉が閉じる前に。間違えて、誰かが彼方《かなた》の世界に連れていかれてしまう前に。——貴方も」

突如、ユウリのほうに指を突きつけて言ってから、貴婦人はパニックに陥ったように「ああ！」と呻《うめ》いて髪をかき乱す。

「早く、早く——」

ややあって彼女は歩き出し、歩きながらしだいに姿形を失っていったかと思うと、ついにはその場から消《き》え失《う》せた。

「——あ、待って」

慌てて呼び止めようとしたユウリであったが、遅かった。

取り残されたユウリは、その場で立ち尽くして考え込む。

（え、なに、今の——）

遭遇したものについて思いを馳《は》せ、さらに、言われたことを反芻《はんすう》する。

（みんな……？）

いったい、なんのことを言っていたのか。

昨日から、人数が多いと話しているのは何度か耳にしたようにも思うが、人数が減っているという話は聞いていない。

だが、今の支離滅裂な言い分からすると、すでに彼方との境界線の間で迷っている人間がいるということのようだ。

（……迷路か）

こうなってくると、彼方と此方《こなた》の境界線が曖昧《あいまい》になりがちなハロウィーンに、迷路という装置は、いささかまずかったかもしれないと思えてくる。

迷路で、人は道を見失う。

それは、生者も死者も同じであるのだろう。

ただ、今現在、本当に迷っているのは、誰なのか。

その答えを、おそらくあの貴婦人は知っている。

立ち尽くすユウリは、その時、背後からドンとぶつかられ、ハッと我に返った。

見れば、数人の少年がユウリを追い越してはしゃぎながら走り去っていく。

だが、驚いたことに、迷路の曲がり角に達する前に、彼らもまた、空間へと溶け込むように消えてしまった。よくよく考えたら、服装も、現代風とは言いがたい少し堅い感じのものだった。

（――ああ、しまった）

ユウリは、ふいに焦りを覚える。

「ハロウィン・メイズ」の中が、本格的に境界線を失い始めていておかしなことになっているようだ。

入り乱れる此方と彼方。

そして、ユウリ自身も、境界線が曖昧な中で、あちらの世界へと引きずり込まれそうになっている。

もともと、彼方に片足を突っ込んでいるようなユウリは、ちょっとしたきっかけで、向こうの世界に囚《とら》われ、戻ってこられなくなりがちだ。

そうなるのがわかっているからこそ、日本にいる従兄弟《いとこ》の隆聖《りゅうせい》は、ユウリのフランス行きを渋ったのだ。境界線が曖昧になる時に、わざわざその渦中に飛び込めば、道を見失うのはわかりきっている。

そして、実際、ユウリは、もう自分の立っている場所がよくわからない。

ここはどこなのか。

現実なのか、そうでないのか。

なにより、彼が本来いるべき場所は、どこなのか——。

（僕は、いったい……）

迷路の中で完全に溺《おぼ》れかけていたユウリは、その時、揺るぎない存在感を示す、甘くよく通る声ではっきりと名前を呼ばれた。

「ユウリ——」

振り返ると、そこにシモンの神々しい姿があった。

重厚で軸のしっかりと定まった彼がいれば、ユウリは道を見失うことはない。時を経ても存在し続ける道標のようなシモンは、この先、たとえ世界が滅んでも、変わらずにそこにいてくれるだろう。

ユウリにとって、それは、まさに一条の光であった。

藁《わら》をも摑《つか》むような心地で、ユウリはシモンに走り寄る。

「——シモン」

ホッとしながら名前を呼ぶと、ユウリの肩を引き寄せつつ水色の瞳を細めたシモンが、軽く首を傾《かし》げて尋ねる。

「少し顔色が悪いようだね、ユウリ。なにかあったのかい？」

「うん、そうだね」

シモンのそばに立つことで、自分のいるべき場所を明確に意識することができたユウリは、ようやく落ち着きを取り戻し、今しがたのことを改めて考える。

「なにかあったというか、まだはっきりしたことは言えないんだけど……」

自分の発言から大事になってしまわないよう、言葉に注意しながら警告する。

「もしかしたら、一度、子供たちの数を数えたほうがいいかもしれない」

すると、驚いたように眉《まゆ》を動かしたシモンが、「なぜ?」と訊き、だが、すぐに自分で考えを改め、「いや」と言い換えた。

「それより、ユウリ、さっきからメールをしていたんだけど、気づかなかった?」

「え?」

ユウリが慌ててポケットから携帯電話を取り出す間にも、シモンは、先に口頭で用件を伝える。

「実は、朝からジョエルとマルクの姿が見えないらしくて、さらに、その二人を捜しに行ったはずのリュカとも連絡が取れない状況なんだ」

「——それって」

携帯電話を持ったまま固まったユウリに、シモンが「そう」とうなずきかける。

「君がなにを知っているかはわからないけど、数を数えるまでもなく、今現在、この城では、三人が行方不明だ」

2

シモンの指示で、「ハロウィン・メイズ」の中にいた人間は全員迷路の外に出され、併設するカフェスペースに準備されたアフタヌーン・ティーに与《あずか》ることとなる。

事情を知らされていない子供たちは、最初こそあれこれ文句を言っていたものの、その場に大好きなケーキや菓子類が出てくると、そっちに意識が奪われ、迷路が一時閉鎖されたことなどすぐに忘れてしまった。

そうして浮かれる人々とは対照的に、カフェスペースの一角では、アンリと他数名の青年が慌ただしく数台のパソコンを設置し、これまでに録画された迷路内の映像を、明度を調節するなどしてつぶさにチェックし始めた。

どこかに、ジョエルやマルクやリュカが映りこんでいないか、調べるためである。

そこへ、ハートの女王をイメージした派手な衣裳で、ランウェイでも歩くように颯爽《さっそう》と近づいてきたナタリーが、シモンを見つけて詰め寄った。

「ちょっと、これってなにごとよ、シモン⁉」

その背後には、アリスの恰好をしたマリエンヌとシャルロットがいて、ナタリーに続いて、「そうよ、そうよ」と口々に言う。

る。

「ただごとではないわね、お兄様」

そんな三人に向け、シモンが人差し指を立てて声を落とすように指示し、端的に告げる。

「実は、ジョエルとマルクが行方不明なんだ。二人を捜しに行ったはずのリュカも」

「――あら」

一言で応じたナタリーの背後で、マリエンヌとシャルロットが騒ぐ。

「ジョエルとマルクが！」

ナタリーが付け足す。

「リュカもよ」

「なんてこと」

「可愛《かわい》いジョエルとマルクがいなくなったなんて」

せっかくナタリーが付け足しても、いっこうにリュカの名前を言わない二人に、ナタリーが「だから」と振り返って告げる。

「リュカもだってば」

「わかっているけど」

マリエンヌが応じ、シャルロットが続ける。

「彼は大人だから」

「別に迷子になったくらいでは、泣かないでしょう」

「ねえ？」

互いに顔を見合わせて確認し合い、手を取り合って「でも」と言う。

「きっと、ジョエルとマルクは泣いているわ」

「ええ、絶対」

シモンが、そんな三人に向かって告げる。

「いいから、ナタリーと双子は、みんなが動揺しないように面倒を見てやってくれ。そのついでに、さりげなく目撃情報を集めてくれるとありがたい」

「それはいいけど、状況って、もう少し詳しくわからないの？」

ナタリーに言われ、モニター画面の前に座るアンリを顎《あご》で指したシモンが、「アンリによると」と教える。

「昨日の真夜中過ぎに、ジョエルとマルクらしい人影が、迷路に侵入する姿が捉《とら》えられている」

それに対し、椅子《いす》の背にもたれるようにして振り返ったアンリが、「ただし」と付け足した。

「今、もう少し細かく見ているけど、出ていくところは見つかっていない」

「それなら、彼らは、まだ中にいるってこと?」

「その可能性は、高いね」

そこで、ナタリーが眉をひそめ、「変ね」と応じる。

「まだ中にいるなら、なんでみんな出てこないのよ。——今しがた、全員、外に出したんでしょう?」

「ああ」

「だったら、おかしいじゃない」

「おかしいね」

認めたシモン自身も、どこか不可解そうな声音で続ける。

「それを言ったら、リュカも同じだ。——今朝方、一番に迷路に入ったことはわかっているのに、そのあと、どこにも姿が見当たらない」

「なにそれ」

ナタリーが、腰に手を当てて訊く。

「そもそも、この建物に鍵《かぎ》はかけていなかったの?」

「かけていない。——いちおう、敷地《しきち》内にある建物だし、盗まれて困るようなものは置いていないから」

「まあ、そうか」

あたりを見まわしながら納得したナタリーが、「それなら」と事実を再確認する。

「三人とも、迷路の中で消えてしまったってこと？」

「そうだね。——もっとも、リュカに関しては、知恵も回るし、仮装するのを嫌がっていたようなので、ちゃっかり雲隠れした可能性も否定できない」

「そうね」

「ただ、ジョエルとマルクは——」

まだ、そこまでの知恵も行動力もなく、なんらかのトラブルで行方不明になったと見て間違いないだろう。

シモンの言葉に、ナタリーも真剣な表情になって心配する。

「だけど、消えたっていったい——」

唇に指を置いて考え込む。

「それこそ、人食い鬼でも出たのかしらね……」

「やめてくれ、縁起でもない」

ナタリーの推測を一蹴《いっしゅう》しつつ、着信音を響かせたスマートフォンを取り出したシモンが、画面を見たとたん、白皙《はくせき》の面をしかめて、そのままスマートフォンをしまった。それは、シモンにしてはとても珍しいことで、その疎ましげな表情からしても、よほど嫌いな相手からのメールだったと推測される。

するると、間髪を容《い》れずに、今度はユウリの携帯電話が鳴り出した。こちらは、メールではなく、電話の着信音だ。

慌てて携帯電話を取り出したユウリが、相手を確認したところで固まった。

しかも、俳句でも詠むかのように顔の前で携帯電話を固定しているため、嫌でも居並ぶ人々の注意を引いた。

その悩める様子は、電話に出るか、出ないかで迷い過ぎて、そのまま携帯電話を後ろに投げ捨てるのではないかと思えるほどで、眉をひそめたナタリーが不思議そうに助言する。

「そんな苦虫でも噛《か》みつぶしたシベリアンハスキーみたいな顔をしていないで、とっとと出ればいいじゃない、ユウリ。――電話の相手なら、少なくとも取って食われやしないわよ」

「――いや、でも」

この電話の相手に限っては、そうとも言えない。

なおもユウリが逡巡《しゅんじゅん》していると、歩み寄ったシモンがユウリの手から携帯電話を取り上げ、チラッと発信者を確認してから電話に出た。

その際、ユウリの許可を得ないばかりか、第一声が――。

「ですから」

だった。

挨拶《あいさつ》もなく、接続詞から始めて文句を言う。

「昨日からさんざんお断りしていますし、たとえユウリを介そうとしても無駄ですよ、アシュレイ。僕の答えは変わりません」

アシュレイ――。

つまり電話の相手は、シモンの天敵といえるコリン・アシュレイで、おそらく、先ほどのメールも彼からのものだったのだろう。

いったい、シモンとアシュレイの間に、これまでどんなやり取りがされたのかは誰にもわからなかったが、シモンがかなり苛立《いらだ》っているのは、その声からも察せられた。

それも、当然と言えば当然だ。

「諸聖人の日《トゥーサン》」の例祭を控え、一族がこの城に集結している現在は、それでなくてもシモンは神経を使う必要があるというのに、そのうえ、この行方不明騒ぎだ。

そんな時に、シモンの神経を逆なでするのを最上の楽しみにしているような男に登場されたのでは、たまったものではないだろう。

「だいたい――」

言い募りかけたシモンであったが、電話の向こうでアシュレイが放った言葉で、驚いたように表情を変える。

「――なんですって？」

その様子を、ユウリは心配そうに、アンリは好戦的な眼差《まなざ》しで見守り、ナタリーはどこか飄々《ひょうひょう》と、双子の姉妹は心配と好奇心が入り乱れた表情で見つめている。

「子供二人って、いったい、なぜそんな――」

絶句しかけたシモンが、すぐさま頭を切り替えて尋ねる。

「というか、アシュレイ、貴方、今どこにいらっしゃるんです？」

3

ベルジュ家の広大な敷地には、一本の公道が走っている。

それが、城の建つ区域と狩りのできる猟場を隔てていて、かつてはどこからでも自由に行き来できるよう、道路脇《わき》には私有地を示す立て看板があるくらいで塀もなにもなかったのだが、近年、物騒な世の中になったのに加え、一般の観光客が、領地内の奥深くまで勝手に侵入して写真を撮るなどの行為が増えてきたため、苦肉の策として、城のある側に高い塀を設け、厳重な警備を敷くようになった。

その壁には、何ヵ所か通用門があり、認証カードを持っていれば、それを使って出入りすることは可能だ。

その通用門の一つから外に出たシモンとユウリは、目の前の公道に、牧草地に寄せるようにして停《と》めてある四輪駆動車を見いだした。ハザードランプの点滅する車の脇には、車体に寄りかかるようにして、長身痩軀《そうく》の男が立っている。

言わずと知れた、アシュレイだ。

さらに、ドアが開いた状態の助手席に、足をブラブラさせながらこちら側を向いて座っているマルクがいて、車のボンネットの上には、ジョエルが、片足だけ胡坐《あぐら》をかいて座り込んでいた。

シモンとユウリの姿を見ると、まずは身軽にボンネットから飛び降りたジョエルが走り寄り、遅れてマルクが駆けてきた。マルクの場合、まだそれほど身体能力が高くないせいで、一度反転し、シートに摑まりながらにじりおり、ふたたび反転する必要があったからだ。

しかも、こんな時でも、シモンにはおいそれと抱きつけないらしく、ジョエルもマルクもユウリに抱きつき、その手にギュッと力を込める。

しゃがみ込んでそんな二人を抱え込んだユウリの前で、アシュレイと対峙《たいじ》したシモンが言う。

「どうも、アシュレイ。──この場合、まずは、お礼を言ったほうがいいのでしょうかね？」

「言いたきゃ、勝手に言えばいい。聞いてやるから」

相も変わらず、高飛車なもの言い。

傲岸不遜《ごうがんふそん》も、ここまで板につけば、それは立派な個性である。

溜《た》め息《いき》をついたシモンが、結局礼は言わずに尋ねた。

「だけど、なぜ、貴方が、彼らと一緒にいるんです？」

シモンの疑問は、その一点に尽きる。

先ほど、電話口で、あくまでもアシュレイの提示する要求を突っぱねようとしたシモンに対し、アシュレイが「そんな生意気なこと言っていいのか？」と言い出した時から、その疑問はシモンの中で渦巻いていた。

アシュレイは、続けて「ここに」と告げたのだ。

「ジョエル・ベルジュとマルク・ベルジュと名乗るガキがいて、一人はワンワン泣いているんだが、お前のほうで、こいつらを引き取る気はあるか？」

そして、「あるなら」と条件を付け足した。

「西寄りの通用門に来い。――ああ、もちろん、こっちの言いたいことはわかっているな？」

こうなると、シモンに選択肢はなく、すぐさまユウリを連れてやってきた。

もっとも、ユウリを連れてきたのは、決してアシュレイに会わせるためではなく、ジョエルとマルクがどういう状態にあるかわからず、こういう時は、ユウリがいたほうがいいと判断したからだ。

結果、ジョエルもマルクもユウリに駆け寄り、判断の正しさが証明された。

反動をつけて身体《からだ》を起こしたアシュレイが、シモンの問いかけに対し、「さてねえ」と言って助手席のドアをバタンと閉める。

その音にビクッとしたマルクを、ユウリが頭を撫《な》でてなだめてやる。

アシュレイが答えた。

「どうしてと訊かれたら、この二人が、俺の運転する車の前に飛び出してきて、危うく轢《ひ》き殺《ころ》しかけたからとしか言いようがない」

シモンが眉をひそめ、ユウリが改めて二人を強く抱きしめる。

きっと、とても怖かったに違いない。

すると、ユウリの腕の中で、マルクが訴えた。

「……ボク、のどがかわいた」

ユウリが、慌てて携帯してきたペットボトルを差し出す。こんなこともあろうかと、水とチョコレートを準備しておいたのだ。

二人は渡された水をごくごくと飲み、さらにユウリが銀紙を剝《む》いて差し出したチョコレートにかぶりつく。

その様子をしばらく見ていたシモンが、ややあって「それなら」と二人に尋ねた。

「君たちは、今までどこにいたんだい?」

二人は、嬉しそうに二つ目のチョコレートを口にしていたのだが、やはりまだ半分混乱しているようで、首を振ってわからないという意思表示をした。

シモンが、辛抱強く尋ねる。

「ジョエルがゲーム機を失《な》くしたんだってね?」

ジョエルがうなずき、シモンが続ける。

「それで、夜、二人して迷路に捜しに行った？」

ふたたびジョエルがうなずく。

それに対し、まだ幼い分、無邪気でいられるマルクが、チョコレートで汚れた口のまま叫んだ。

「誰かが呼んだんだよ！」

「誰か？」

意外そうに繰り返したシモンが、訊く。

「誰かというのは？」

残念ながら、相手のことまではわからなかったらしいマルクが、首を横に振りながら答える。

「知らない人」

マルクの口のまわりをタオルで拭《ふ》いてやりながら、ユウリが反射的に確認する。

「それって、ドレス姿の女の人？」

その発言を聞いたとたん、それまでつまらなそうに彼らのことを傍観していたアシュレイが、青灰色の瞳を細めておもしろそうにユウリを眺めやる。長い付き合いの彼には、ユウリが、ユウリにしか知り得ない情報を持っていることが、すぐさまわかったのだろう。

もちろん、シモンにも同じことが言え、彼はユウリと、ユウリを眺めるアシュレイを見て、とても悩ましげな表情になった。

マルクが、また首を横に振って答える。

「ううん。黒い服を着た男の人」

「そっか、男の人ね……」

ユウリが考え込むように黙り込んだのを機に、シモンが質問を再開する。

「それで、そのあと、君たちはどうしたんだい？」

「階段をおりた」

「階段？」

これも意外だったシモンが、「階段って」と問う。

「どこの？」

「……知らない」

たしかに、夜の迷路など、大人でも自分のいる場所を把握するのは難しい。

それでも、この情報は立派な収穫だ。

もし、迷路のどこかに階段があったというなら、あとでつぶさに捜せば、きっと見つかるはずである。

そして、まだ見つかっていないリュカが、そこにいる可能性は大きかった。

肩をすくめたシモンが、「だったら」と問う。

「階段をおりて、次は、どうしたんだい？」

だが、そのあたりから急に暗い顔つきになった二人が、顔を見合わせながら小さく首を横に振り、それぞれ泣きそうな顔で懇願する。

「……わからないし、なんか疲れた」

「僕も、ママのところに帰りたい」

シモンは、直感的に、彼らがなにか隠しているような気がしたし、ユウリも同じように思えた。

ただ、彼らの年齢であれば、一晩以上の予期せぬ冒険は、精神的にとても負担が大きかったはずだし、仮に、その間になんらかの恐怖体験をしていたら、いきなりすべてをしゃべらせるのは、心的外傷《トラウマ》という面から考えてもやめておいたほうがいい。

ユウリがシモンを見あげて二人を庇《かば》う。

「シモン、質問するのはこのくらいにして、ひとまず、お母さんのところに帰してあげようよ。――二人は少し休んだほうがいいと思う」

「そうだね」

承諾したシモンが、「でも、最後に一つだけ」と二人に向かって問いかける。

「君たち、リュカに会わなかったかい？」

「リュカ?」

顔を見合わせた兄弟が、すぐに二人して首を横に振って答えた。

「見てない」

「昨日の晩ご飯の時に会って以来、見ていません」

「そうか」

シモンが、もの思わしげにうなずく。

つまり、依然としてリュカの行方はわからず、捜索は続行する必要があった。

それでも、謎《なぞ》の「階段」の存在が判明したのは大きな一歩であり、それも踏まえ、シモンたちはいったん城に戻ることにした。

4

シモンがジョエルとマルクを母親のもとに送り届けている間、ユウリは見張りを兼ねてアシュレイと一緒にいた。

そのアシュレイはというと、先ほどから、ブルシエル城の長い廊下《ロングギャラリー》に飾られた一枚の絵の前に佇《たたず》み、黙《だま》ってその絵を眺めていた。

それは、奇《く》しくも、昨日、ユウリとシモンが話していた、あの「迷宮」の描かれた絵で、どうやらアシュレイは、少し前から、シモンにその絵を見せろと要求していたようである。

思えば、昨日、迷路内でメールをやり取りしていた時も気の進まなそうな様子をしていたし、その夜にシモンがああして絵の前に佇んでいたのも、アシュレイがなぜその絵に興味を示しているのか、考えていたからだろう。

しばらくして、ユウリが背後から尋ねる。

「……アシュレイ、なんで、その絵に興味があるんですか?」

「決まっている」

振り返りもせずにアシュレイは応じ、言った。

「ここに、俺の知りたかった答えが描かれているからだ」

「……答え？」

首を傾げたユウリが、訊き返す。

「答えって、なんのですか？」

そこで、ようやく振り向いたアシュレイだが、答える前にスッとユウリの背後に視線を流した。

ほぼ同時に、シモンの声がする。

「それは、僕にとっても、とても興味深い話ですよ」

「――だろうな」

底光りする青灰色の瞳でシモンを捉えたアシュレイに、「ただ」とシモンが優雅な仕草で待ったをかけた。

「そちらのお話はあとでゆっくり聞くことにして、今は、リュカの救出が先です。これから人海戦術で迷路の中にあるという階段を捜すことに――」

だが、みなまで言わせず、アシュレイが却下する。

「必要ない」

「――は？」

当然、眉をひそめたシモンに、アシュレイが無情にも付け足した。

「そんなもの、邪魔になるだけだ。――もし、体面的に必要だというなら、迷路の中を区分して捜索させるんだな。もちろん、他の奴《やつ》らにとっては、ただただ骨折り損のくたびれ儲《もう》けだが、なんであれ、怪物のいる迷宮に入って無事に戻ってこられるのは、昔から英雄とその家来だけだと相場が決まっている」

「怪物――？」

シモンが呟いて、口を閉ざす。

与えられた情報が多すぎて、どこに文句をつけ、なにを確認するべきか吟味する必要があったのだ。

そもそも、アシュレイの来訪の目的自体、シモンにはまだよくわかっていない。

結局、理知的で寛大なシモンは、すべての文句や疑問を削《そ》ぎ落《お》とし、最も単純で建設的な質問を返すことを選んだ。

「迷路の中を区分するとおっしゃいましたが、ということは、アシュレイには、すでにどこに階段があるかわかっているんですね？」

「いや」

意外にも否定され、シモンが白皙の面をしかめる。

「それなら――」

さすがに文句を言いかけるが、それを片手で止めたアシュレイが、「知っているのは」

とユウリを顎で指して言う。

「こいつだ」

「――え？」

驚いてユウリを見たシモンであるが、突然の指摘に驚いたのはユウリも一緒で、同じように「え？」と呟いて自分の鼻の頭を指す。

「僕ですか？」

「ああ」

他人のことなのに当然のごとく肯定され、当のユウリが慌てて否定する。

「いやいや、僕は知りません」

「だが、ヒントを与えた人物には会っているだろう」

「ヒント……？」

そこで考え込んだユウリを上から見おろし、アシュレイが憐《あわ》れむように告げた。

「だから、いつも言っているだろう、ユウリ。そのナノサイズの脳味噌《のうみそ》を最大限に活用し注意深くなれと。クジラはゆっくりでいいが、ネズミは常にカラカラと車輪を回していないとダメなんだよ。――そもそも、俺に言わせりゃ、そんなふうに腐らせているくらいなら、いっそのこと、ハートの女王に首ごと差し出してやれってことだ。そうすりゃ、あの女も、経費削減になるだろうよ」

「首……」

ユウリがげんなりと呟く。

おそらく、ナタリーが振り回していた生首のことを言っているのだろう。

だが、なぜ、アシュレイがハロウィーン・パーティーでナタリーが扮《ふん》した仮装のことまで知っているのか。

考えられる可能性としては、わずかな時間でジョエルやマルクとその話をしたということだ。

でなければ、本当に千里眼なのかもしれない。

それでも、ひとまず素直に脳をフル回転させていたユウリが、「……もしかして」と思い出す。

「それって、僕が見た、ロココ調のドレスを着た貴婦人のことを言ってますか？」

「ロココだかなんだか知らないが、さっき、あのガキの一人に確認していただろう。その『ドレス姿の女の人』のことだよ」

けんもほろろに言い、「そいつを見た時点で」とアシュレイが指摘する。

「お前が周辺をもっとよく調べていれば、あのガキどもや、いまだ見つかっていないという奴が、そいつらのもとに呼び込まれることはなかっただろう。――間違いなく、呼ばれているのは、事態を動かす力を持つお前なんだからな。つまり、今回のことは、お前の怠慢が引き起こした非常事態と言えなくもない」

「――僕の怠慢」

その瞬間、先ほどのジョエルとマルクの憔悴《しょうすい》しきった顔が思い浮かび、ユウリは、責任を感じて愕然《がくぜん》とする。

そんなユウリの肩を抱き寄せ、シモンが毅然《きぜん》と言い返した。

「変な理屈をこねくり回して、ユウリを責めるのはやめてください。どう考えても、この騒ぎは、ユウリのせいではないですよ」

「ま、そうかもしれないな」

意外とすんなり認めたアシュレイが、底光りする青灰色の瞳を細めて「むしろ」と追及した。

「もとを糺《ただ》せば、こんな騒ぎを引き起こすきっかけを作ったのは、お前の家族と言えなくもない」

「――うちが？」

「ああ。それでもって、俺は、わざわざその騒ぎを収拾しにきてやったってわけだよ」

「それは、どうもご親切に」

呆《あき》れたように礼とも言えない感謝の言葉を口にしたシモンに、「口で言うより」とアシュレイが堂々と主張する。

「片がついた暁には、きちんと形のあるものとして礼をしてもらうから、そのつもりでいろ」

押し売りのような恩の売りつけ方である。

眉をあげて呆れるシモンと、心配そうに二人のやり取りを見ていたユウリに対し、アシュレイが、「ということで」と絵の前から移動しながら宣言した。

「俺の貴重な時間を無駄にしないためにも、とっとと、迷宮から出られなくなった下っ端どもを引きずり出しに行くぞ」

5

「――あった」

アシュレイとシモンとともに迷路へとやってきたユウリは、最初に例の貴婦人を見かけた東屋《あずまや》のまわりをくまなく捜した。

すると、ほどなくして草の陰になったところに、小さな穴が見つかる。

その穴には、階段というより梯子段《はしごだん》がついていて、暗い地下へと続いている。

また、穴の近くには、蓋《ふた》をするのにちょうどいい大きさの岩が転がっていて、なにかの拍子でそれがずれたことで、その穴が露《あらわ》になったものと思われる。

そのあたりは、古い東屋を残すために、以前のまま、ほぼ手つかずの状態にしてあったため、今まで誰も、その岩を動かしてみようとは思わなかったのだろう。

今回、その岩が動いたのは、なにかの弾みであったか。

それとも、幽霊が動かしたか。

ただ、踏ん張れば、ユウリでも動かせる重さであるため、ジョエルとマルクが、暗がりの中で力を合わせて動かした可能性も十分にありえた。

「本当に地下へと続く階段があったなんて……」

穴を見おろしたシモンが、信じられないというように告げる。

「今の今まで、知らなかった」

懐中電灯で穴の中を照らすアシュレイの横で、ユウリが「まあ」と慰めた。

「これだけ広くて歴史のあるお城なら、まだまだ他にも、シモンやご家族の知らないものがあっても、おかしくなさそう」

誉《ほ》め言葉なのかよくわからない言い分に、シモンが苦笑する。

歴史があるのも広いのもけっこうだが、住人が把握しきれていない隠れ場所が存在するというのは、いかがなものだろう。

それでも、嘆いたところで始まらないので、今は目先の問題に集中することにする。

結局、シモンはアシュレイの策を採用し、迷路の内部をいくつかの区画に分け、少人数で捜索するように指示を出した。理由として、闇雲《やみくも》に捜しまわっているうちに、さらなる行方不明者を出しては元も子もないというのがあげられる。

監視塔で全体をモニターしているアンリには事情を説明してあるため、彼らは、他に人のいない区域で心置きなく行動をすることができた。

そこで、アシュレイを先頭に、順次穴におりていく。

「だけど」

梯子段をおりきったところで、シモンが疑問を呈する。

「十八世紀半ばに生け垣迷路を造った際には、地下にこんな場所を設けたというような記録は見つかっていません。――ということは、誰かが、人に知られないよう秘密裡《ひみつり》に造ったということでしょうか？」

先頭を歩くアシュレイが、「いや」と否定した。

「おそらく、この場所に関しては、それ以前から存在していたとみていいだろう」

「なぜ、そう言い切れるんです？」

シモンの問いかけに対し、アシュレイがきちんとした理由を述べる。

「考えてもみろ。あのガキどもは、ここから入ったくせに、牧草地をうろうろしていて道に飛び出してきたわけだろう。つまり、俺たちが入ってきた入り口とは別に、牧草地のどこかに出口があり、そこに辿《たど》り着《つ》いたとみて間違いない」

「ああ、なるほど」

納得したシモンが、言う。

「つまり、この細い道は、かつての――おそらく中世の頃の――城主の逃走経路であった可能性が高いわけだ」

「そういうこったな」

認めたアシュレイが、「もし」と続ける。

「この中が、迷路や迷宮のように複雑な造りになっていたとしたら、子供の足で、半日かそこいらで出られるとは思えない。──まあ、よほど運がよければ、別だが」

「そうですね」

認めたシモンが、「でも」と首を傾げる。

「それなら、リュカは、なぜ出られないのでしょう。子供の足で半日なら、リュカなら数時間で出られてもおかしくないのに」

「さてね」

アシュレイはどうでもよさそうに応じて、「それは」と続ける。

「この先になにがあるかにもよる。──まあ、十中八九、そいつは、なにかに囚われているのだろうが」

「なにか？」

繰り返したシモンが、確認する。

「それは、貴方の言うところの『迷宮の怪物』ですか？」

だが、アシュレイは答えず、「なんであれ」と結論づけた。

「少なくとも、この上に生け垣迷路を造った頃の人間は、この地下迷宮──あるいは地下通路と言うべきかもしれないが──その存在を知っていたんだろう。でなければ、あんな絵を描かせるはずがない」

あんな絵とは、先ほどまで見ていた長い廊下《ロングギャラリー》の絵であろう。

そこで、水色の瞳を細めたシモンが、アシュレイの背中に向かって問いかける。ちなみに、並び順として、先頭をアシュレイが、しんがりをシモンが務め、二人の間にユウリが挟まれる形で歩いている。

「そういえば、アシュレイ。先ほどは訊きそびれましたが、あの絵に描かれた答えというのは、なんですか？」

ユウリには説明したが、あれは、ベルジュ家に数多《あまた》ある美術品の中でも、これといって有名ではなく、芸術的に優れた作品というわけでもない。むしろ、どちらかというと取るに足らないもので、背景に描かれているのがブルシエル城でなければ、彼らも絶対に購入していなかったはずである。

たしかに、寓意《ぐうい》には満ちているようだが、あんな絵に、アシュレイはどんな答えを見いだしたというのか。

「それに」

シモンが、付け足した。

「そもそものこととして、なぜ、貴方が関《かか》わることになったんです？」

当然、アシュレイなりの事情があるのだろう。

ただ、それが、どうしてベルジュ家の保有する絵に繋《つな》がったのか。

アシュレイが、短く答える。

「そいつの依頼だ」

アシュレイが背中越しに親指で示したのは、もちろん背後を歩くユウリで、すでにユウリから事情を聞いていたシモンが、肩をすくめて答えた。

「それは、つまりアレックス経由の依頼ということですね？」

すると、肩越しに振り返って青灰色の瞳を鋭く光らせたアシュレイが、「少なくとも」と応じる。

「俺がアレックスに連絡を取ったのは、ユウリに依頼されたからだ」

あくまでもユウリに恩を着せようとするアシュレイに対し、シモンが「それで」と話を進めた。身勝手で自分本位な人間に合わせていたら、ただただこちらが不利になるだけである。

「アレックスが貴方に引きあわせようとしていた相手は、いったい貴方になにを頼み、最終的に、貴方はどうしてここに来る羽目になったんです？」

前に向き直ったアシュレイが、「まあ」と応じる。

「一言で言うなら、人捜しだな」

「――人捜し？」

大まかに答えたアシュレイが、いまだ事情を把握しかねているシモンに対し、「これは、余談だが」と話を脱線させた。

「フランス語では、『迷路《メイズ》』と『迷宮《ラビリンス》』の区別はされていないが、この二つは、明らかに違うものだ」

その説明に反応したのは、二人の間を歩くユウリだった。

「そうなんですか？」

「ああ」

うなずいたアシュレイが、真っ暗な道を懐中電灯で照らしながら「本来」と続ける。

「クノッソスにダイダロスが建立したものを『迷宮』と定義するならば、それは、辿り着くのは簡単だが、出るのは難しい建物と考えられ、その用途は、危険物の封印だ」

シモンが、即座に応じる。

「もともと、クノッソスの迷宮は、人を食う化け物であったミノタウロスを閉じこめるために造られたからですね？」

「そのとおり」

人差し指をあげて認めたアシュレイが、「それに対し」と言う。

「行き止まりのある道が幾重にも用意されていて、中心に辿り着くのが困難な『迷路』というのは、辿り着くことにこそ意味があり、宝物を隠す場所としては絶好といえる。しかも、そこには多分にゲーム性があって、人生に喩《たと》える場合でも、どこかギャンブル的な要素を含んだ試行錯誤に意味があるとされる」

ユウリが、首を傾げて尋ねる。

「ということは、『迷宮』は違うんですか？」

「当然」

高飛車に認めたアシュレイが、「さっきも言ったように」と続けた。

「『迷宮』はあくまでも一本道で、歩いてさえいれば、考えなくても必ず目的地に辿り着ける。つまり、ゲーム性は、いっさいない。ただ、その複雑に曲がりくねって何度も同じ場所を行ったり来たりする行動は、一種の瞑想《めいそう》状態を引き起こし、おのれの内面と向き合うのに適していると考えられているんだ」

「瞑想……ですか」

シモンが感慨深げに応じ、アシュレイが笑って付け足した。

「『迷宮』の本来の意義は、禊《みそぎ》であると主張する学者もいるくらいだからな」

「禊？」

ユウリが、素《す》っ頓狂《とんきょう》な声をあげる。

実際、それに近いことを日本で行ってきたばかりのユウリであるが、幸徳井《かでい》家の修行場で行う禊と、迷路のような道をえんえん歩き続ける行為は、本質的にまったく異なるもののように思えたからだ。

もっとも、能動的か受動的かの違いだけで、それらが神に近づくための下準備であると思えば、やはり大差ないと言わざるをえない。

「事実」と、アシュレイが主張する。

「シャルトルの大聖堂を始め、教会の入り口に迷宮図が描かれるのは、そこで世俗の垢《あか》を落とすことで、中心に存在する神と対面できるという意味合いが込められている。クノッソスだって、そういう意味では、禊と言えるだろう」

「生贄《いけにえ》ですか？」

「そうだ。『星』から派生した『アステリオス』という別名を持つミノタウロスのことを、当時の人間が、忌避ではなく神として崇《あが》め、聖なる生贄を捧《ささ》げていたとしたら、迷宮は、その生贄の禊をするための場所であったとも推測できる」

「なるほど」

納得しつつ、ユウリなどは、それは生贄にとってはとんでもなく恐ろしい道行きであったろうと想像する。

だが、そんな想像をしたとたん、十字架を背負って丘をのぼったというキリストのことが頭に浮かび、パッと顔をあげてアシュレイの背中を見た。

「もしかして、『苦難の道《ヴィア・ドロローサ》』も？」

「ああ」

アシュレイが、おもしろそうにうなずいた。

「あまり考えていなかったが、たしかに迷宮の変形と言えなくもないな」

認めてから、「どっちにしろ」と言う。

「この城に存在した生け垣迷路――さっきも言ったようにフランス語に迷路と迷宮の区別がないから説明はしにくいが、それが、西側の入り口付近にあったというのも、決して意味がないわけではないはずだ」

シモンが応じる。

「西は、教会において、入り口のある方角ですからね」

「そう」

「つまり、ヴェルサイユにあった生け垣迷路を模したものであれば、間違いなく遊興のために造られたものであるとはいえ、当時、それを造らせた人間は、迷宮としての機能をきちんと意識していたということになる」

「ま、あくまでも、推測だが、その可能性は高いだろう」

答えたアシュレイが、そこでようやく本題に入った。

「ということで、それらのことを踏まえたうえで、あの絵についてだが」

シモンが、肩をすくめて応じる。

「たしかに、『迷宮』が描かれていますが、だとしたら、あれも禊の一つだとでもおっしゃるおつもりですか?」

「まったく違う」

アシュレイは完全否定し、肩越しに振り返って尋ねた。

「ベルジュ、お前は、あの絵を描かせた人間が誰か、知っているか？」

「ええ、まあ。十八世紀に生きたエリオット・フレイザーという名の英国貴族です。あの絵は、そのフレイザー家の子孫が家財の一部を放出した際に、うちが購入したものですから、たしかですよ」

説明したあとで、シモンが「ただ」と付け加える。

「彼とこの城との接点は、今のところ不明ですが」

すると、アシュレイが、その「不明」な部分を補ってくれた。

「エリオット・フレイザーは、当時、この城の城主であったフランソワ・ルフォールの友人で、ヨーロッパ大陸を旅行した際、しばらくここに逗留《とうりゅう》している」

「そうなんですか？」

知らなかったシモンが驚き、「だけど、なぜ」と当然の疑問を呈する。

「アシュレイが、そのことを知っているんです？」

「それは、その時に、エリオット・フレイザーがフランソワ・ルフォールから借りた時禱《じとう》書《しょ》があって、それが返されることのないまま時が経《た》ち、フレイザー家の遺産を相続した婆《ばあ》さんの家宝となっていたからだ」

「……はあ」

話の流れがわからないまま、シモンが曖昧な相槌《あいづち》を打って話に聞き入る。

「それが、最近になって、ひょんなことからフレイザー家の所有物ではなかったことが判明し、婆さんは、泣く泣く時禱書を元の持ち主に返還する意思を固めたんだが、なにせ、かつてどんな経緯があったかしれず、へたなことをして家名を傷つけられたくないという理由から、できるだけ内密にことを行いたいと考えた」

「なるほど」

「――ああ、どうでもいいが、その婆さん、ショックで寝込んだらしいぞ」

アシュレイからのプチ情報に、シモンがなんと言っていいかわからなそうに応じる。

「たしかに、聞く限り、まあまあ気の毒な話ではありますね」

「もっとも、婆さんが死のうが寝込もうが、俺にはいっさい関係ないことだがね。ただ、その話が巡り巡って、俺が仲介役を引き受けることになり、いろいろと調べさせてもらったってわけだ」

「……貴方が仲介役をねえ」

なんとも訝《いぶか》しそうに繰り返したシモンが、「それで」と問う。

「その時禱書と気の毒なお婆さんとあの絵とは、どう繋がるんです？」

それに対し、アシュレイは喉《のど》の奥で楽しそうに笑って応じる。

「残念ながら、気の毒な婆さんはまったく繋がらないが、あの絵は、当時、エリオット・フレイザーからフランソワ・ルフォールに時禱書が返されなかった理由と、大いに関係があったんだ」

「へえ」

つまり、それが「答え」であるらしい。

興味を惹《ひ》かれたシモンが、水色の瞳を光らせる。暗い場所をえんえん歩くことに倦《う》んできた彼らには、それは恰好の話題であると言えた。

シモンが訊く。

「いったい、どんな関係ですか？」

「これが、なかなか面白い話で」

前置きしたアシュレイが、暗がりで背中を向けたまま「まず」と人差し指を立てた。

「エリオットは、時禱書を返さなかったわけではなく、返せなかったんだ」

「返せなかった？」

それはまたどうしてなのか。

たしかに謎めいた話で、興味を惹かれる。

肩越しに振り返ったユウリと視線をかわすシモンの前で、「そう」とうなずいたアシュレイが説明する。

「というのも、当時、時禱書を返すために、ふたたびこの城を訪れたエリオットだったが、その時、城の新しい城主から、フランソワは行方不明になったと聞かされたからだ」

「行方不明？」

「ある夜、忽然《こつぜん》と消え失せ、それっきり姿が見えなくなったらしい」

眉をひそめたシモンが、言う。

「それは、かなり怪しいですね」

と——。

突然。

「——あ！」

叫んだユウリが、同時に足を止めた。

だが、暗がりを歩いていて急に立ち止まるのは、かなり危険な行為である。しかも、ふだんなら気をつけているシモンも、この時ばかりは、話に気を取られ、少々、ユウリに対する意識が希薄になっていた。

「うわ」

ドン。

「わっ」

「ユウリ——」

当然の結果として、シモンがユウリにぶつかり、押されたユウリが前につんのめったのを、神業的な反射神経でぶつかってしまったシモン自身が背後から支える。

アシュレイが懐中電灯ごと振り返った時に見えたのが、その最後の光景で、青灰色の瞳を細めながら、嫌みっぽく言う。

「こんなところで、襲うな、ベルジュ」

「襲ってません。むしろ、救ったんです」

それから、ユウリを見おろして注意する。

「ユウリも、急に止まると危ないって、昔から言っているだろう」

「ごめん、シモン」

そんなユウリに懐中電灯の光を当て、アシュレイが「で？」と問いかける。

「なにが、『あ！』なんだ？」

「ああ、えっと」

まぶしさに手をあげて目を細めたユウリが、アシュレイが懐中電灯をさげてくれたところで、説明した。

「すっかり忘れていたんですけど、今の話で思い出しました」

「だから、なにを？」

アシュレイの場合、ユウリがなにか思い出したことはわかっていて、その先を聞きたがっているのだ。

「昨日の夜、僕の部屋に来た人が」

「――人？」

その点を取り上げたアシュレイが、先に確認する。

「生身の人間ってことか？」

「いや。――お察しのとおり、幽霊ですけど、その人が、訴えてきたんです」

「なんて？」

「最初は夢の中で、見つけてくれって――」

「見つけてくれ？」

繰り返したアシュレイが、問い返す。

「なにを？」

「僕もそう思って、目が覚めたあとで、訊いたんです。そうしたら――」

「なんて答えたんだ？」

「出口です」

「出口――」

アシュレイが考え込むように呟き、そのあとでシモンが背後から言う。

「ということは、その幽霊こそ、行方不明になったフランソワ・ルフォールで、彼は、いまだに出口を求めて、どこかを彷徨っているってことかい？」

「……そうなるかな？」

「『そうなるかな』って──」

いささか頼りない返答だ。

そこで、シモンはひとまずアシュレイに視線を戻して、話の続きをうながした。

「すみません、アシュレイ、話が途切れてしまいましたが、それで、フランソワが行方不明と聞いて、エリオットはどうしたんですか？」

すごすごと引き下がったのか。

それとも──。

アシュレイが答える。

「エリオットは、ひとまず時禱書は返さずに持ち帰った」

「なるほど」

納得したシモンが、確認する。

「それで、そのまま返すタイミングを逃して、月日が経ってしまったんですね？」

「そうだが、行方不明となった裏には、きっとなにかあると考えたエリオットは、密《ひそ》かに手を回して友人を捜し始めた。当時は、城主の失踪《しっそう》に対し、森の迷路に潜む人食い鬼に食われたというような流言も飛んだようだが、もちろん、彼は信じなかった」

「人食い鬼ね……」

つぶやいたシモンの脳裏には、昨日の夕食前にリュカと交わした会話が蘇っていた。あの時、リュカは、行方不明になった城主がいたことや人食い鬼の話をしていたが、おそらくこのことを話していたのだろう。

だが、アシュレイの言葉を信じるならば、当時、エリオットはその流言を信じなかったわけで、シモンが言う。

「理知的な人間だったんですね?」

「啓蒙《けいもう》主義者ではあったようだな」

応じたアシュレイが、「ただ」と言う。

「残念ながら、その直後に、フランス革命が勃発《ぼっぱつ》したため、現地での捜索はできず、代わりに英国に避難してきたルフォール家の人間から、少しずつ、隠されていた情報を得ることができた」

説明し終わったアシュレイが、「やがて」と結論づける。

「ついにことの真相を突き止めたエリオットは、だが、それを公にすることはせず、一枚の絵に秘めて残したんだ」

「それが――」

シモンが、感慨深げに訊き返す。

「あの絵だと？」

「ああ」

認めたアシュレイが、チラッと背後を振り返り「そして」と高らかに宣言した。

「一目見ただけで、俺は、フランソワが行方不明になった理由がわかったよ」

「え、それって――」

シモンは、結論を急ごうとしたが、次の瞬間。

一瞬、こちらを見たアシュレイの背後で、なにかが動き、それに気づいたユウリが声をあげた。

「危ない、アシュレイ――！」

6

ユウリが叫んだ時には、身体を低くしていたアシュレイが、振り向きざま、襲撃者のみぞおちに膝蹴《ひざげ》りをめり込ませていて、さらに後頭部に肘鉄《ひじてつ》を食らわせる。

ただ、その寸前。

「リュカ！」

シモンが叫んだため、瞬時の判断で肘鉄のスピードを緩めた。おかげで、リュカは意識を失ったものの、深刻なダメージを受けずにすんだようだ。

シモンとユウリが、同時に走り寄る。

「リュカ」

「しっかりするんだ、リュカ」

その横で、自分の肘を触っていたアシュレイが、「安心しろ」と言う。

「気絶しているだけだろう」

それから、懐中電灯であたりを照らしながら言った。

「どうやら、ここが中心部のようだな」

アシュレイの言葉を鵜《う》のみにしたわけではないが、リュカの身体をあちこち調べて大丈夫そうだと判断したシモンは、彼の身体を壁に寄りかからせてから立ちあがると、同じように懐中電灯で周囲を照らす。

ユウリも、それに続いた。

光の中に浮かび上がったその場は、歪《ゆが》んだ円形をしていて、ちょっとした集会くらいならできそうである。たしかに、アシュレイの言うとおり、地下迷宮だか地下通路の中心部なのだろう。

目立った特徴としては、いわゆる「迷宮図」と呼ばれるものが床に描かれていて、この地下に開いた空間の全体像がどういうものであれ、この円形の広間に関してだけは、いちおう迷宮を意識して造られていると推測できた。

ただし、迷宮図が描かれたのがいつであるかは、不明だ。

精度の高さから言って、かなりあとになって、この場所を迷宮らしく見せるために描き加えられた可能性も十分ありうる。

そんな迷宮図の上に、壊れた懐中電灯が転がっている。

おそらく、リュカがこの場に来た時に、驚いて落としてしまったのだろう。暗がりに取り残された恐怖は、いかばかりのものであったか。

では、彼が、なににそれほど驚いたのかというと――。

死体だ。

三人が持つ懐中電灯の明かりが止まった場所に、白骨化した死体がある。

それに気づいた彼らも、とっさにギョッとした。

さすがにリュカのように懐中電灯を放り投げるほど驚くことはなかったが、動きを止めて息を呑んだのは事実だ。

それから、三人三様の面持ちで死体を凝視する。

白骨化しているので、人相や男女の別など詳細はわからなかったが、時代錯誤な服装から考えて、おそらく男だろう。

だが、その光景がなにより異様なのは、白骨死体が、今にも動きだしそうな体勢で天鵞絨地のカウチに腰かけていることだった。しかも、カウチの前には、小さなテーブルがあり、埃《ほこり》をかぶったグラスとワインの瓶が置いてある。

それは、まさに、この男が寛ぎの最中に亡くなってしまったことを物語っていた。

いったい、この男の身になにが起きたのか──。

ややあって、シモンが言う。

「もしかして、これが──」

「ああ。間違いない」

アシュレイが認め、その名を告げる。

「行方不明となっていた、フランソワ・ルフォールだ」

「彼が……」

　近寄っていくユウリの背後で、シモンがアシュレイに尋ねた。

「つまり、この事実こそが、彼が行方不明になった理由ですね。――いなくなったというより、ここで息絶えたため、戻りたくても戻れなかった」

「そういうことだな」

　アシュレイは肯定したが、まだ疑問は残る。

　シモンが、その点を指摘した。

「でも、なぜ、彼は、こんな場所で亡くなっていたのでしょう。――心臓発作かなにかですかね？」

「いや、違う」

　即答したアシュレイを不思議そうに見返して、シモンが「そういえば」と問う。

「さっき、貴方は、フランソワが行方不明になった理由がわかったとおっしゃっていましたが、それは、この状況にも、説明がつくということですか？」

「当然」

　高飛車に認めたアシュレイが、「というか」と続ける。

「ちょっと知恵を巡らせれば、お前にだって、わかるはずなんだがな、ベルジュ。――それくらい、あの絵は、ことの真相を告げる寓意に満ちている」

たしかに、あの絵は寓意に満ちていた。

それは、シモンも気になっていたことだが、なにぶんにも忙しく、すっかりあとまわしになっていたのだ。

そこで、目の裏に絵を浮かび上がらせたシモンに、アシュレイが言う。

「あの絵は、明らかに変だったろう」

「そうですね」

うなずいたシモンが、ユウリに告げたのと同じことを説明する。

「本来、迷宮の中にいるのは、ミノタウロスとそれを倒したテセウスのはずですが、あの絵に描かれているのは、テセウスのみです」

とたん、青灰色の瞳を光らせたアシュレイが、「本当に」と問いかける。

「テセウスだったか？」

「――どういう意味です？」

「単純に、組み合わせの問題だよ」

「組み合わせ？」

謎かけのように言われ、シモンが考え込む。

現物もないのに細部を検証することなど、ふつうの人間には逆立ちしてもできない芸当

「寓意……」

であったが、シモンは、映像記憶を駆使してあの絵の細部を思い出し、ややあって「そうか」と納得した。

「あの絵には、ミノタウロスの代わりのように、あちこちにケンタウロスが描かれています。しかも、別の場面として隅のほうに描かれているのは、ケンタウロスが女性に小瓶を差し出している図です。——となると、あの迷宮の中の人物は、ミノタウロスを倒したテセウスではなく、ケンタウロス族の一人ネッソスとの逸話を持つヘラクレスと見ていいわけだ」

「ご明察」

パチンと指を鳴らして認めたアシュレイが、「神話における橋渡しのネッソスは」と改めて説明し始める。

「ヘラクレスの妻にちょっかいを出したことで、ヘラクレスの矢に射貫かれて命を落とすが、その際、流された血が毒に変わったと知り、媚薬《びやく》と称して、ヘラクレスの妻にその毒を渡した。——結果、その毒が、ヘラクレスの命を奪うことになるわけだが、それはそれとして、現実において、なぜ、エリオットは、迷宮を描いた絵の中にネッソスとヘラクレスの逸話を盛り込んだのか」

アシュレイの投げた質問に対し、白骨死体とその脇にあるワインボトルを眺めたシモンが、「もしかして」と言う。

「彼は、毒を飲まされたんですか？」

「ああ。――少なくとも、俺はそう見ている」

二人がそんな話をしている間、ユウリも白骨死体の前で会話を聞いていたが、途中から別のことが気になって、そっちに意識が向く。

というのも、ある瞬間、ユウリたちが入ってきたのとは反対側の通路から、例のロココ調のドレスを着た貴婦人が現れて、シモンとアシュレイが立って話している迷宮図のほうに歩いていったのだ。

一瞬、ユウリはドキリとしたのだが、彼女は、二人に危害を加えるでもなく、ただ、迷宮図の上を歩き始めた。その際、その場に立っているシモンとアシュレイのことは通り抜け、ひたすら線に沿って歩いていく。

以前、そうやって遊びでもしたのか。

ただ、ある場所まで来ると立ち止まり、なぜか最初からやり直すのだ。

その間も、シモンとアシュレイの会話は滞りなく続いている。

アシュレイが、「さっき」と言った。

「フランス語では、『迷宮』と『迷路』の区別がないと言ったが、それから考えても、当時の彼らに、その二つを分ける考えはなかったと見ていい。そして、あの時代、ものを隠すのに最適であった迷路は、秘密を共有する場所としても有用であると考えられ、そこから、秘密の愛を象徴する記号となり、やがて、実際に、逢引《あいびき》の場所として使われるようになっていったんだ」

「秘密の愛ねえ」

シモンが推測する。

「ということは、フランソワは、ここで秘密の恋人と逢引をしていた？」

「おそらく、そうなんだろう」

アシュレイが言って、「当時の」と続けた。

「エリオットの日記帳にも、フランソワにはどうやら愛人がいるというようなことが書いてあった」

ユウリが、ハッとする。

アシュレイの言葉が真実なら、その愛人というのは、間違いなく、今も迷宮図の上をうろうろしているこの貴婦人であるはずだからだ。

シモンが、そばに本人がいるとも知らずに、感想を述べる。

「まあ、それ自体は、これといって珍しい話でもありませんが」

「だな。――きっと、お前もそのうちそうなるだろう」

勝手な憶測に対し、シモンが塑像のように冷たい顔で答える。

「僕はともかく、それなら、彼は、愛人との関係のもつれで亡くなったんですかね？」

「いいや」

またしても否定したアシュレイが、

「だから」と忠告する。

「絵をよく見ろと言っているだろう。——あの絵の中で、ケンタウロスのネッソスから毒の入った小瓶を受け取っているのは、誰だ?」

謎かけのように問われ、シモンはここにはない絵について語る。

「女性です。——しかも、マントに要塞《ようさい》の図があしらわれていることから、ルフォール夫人である可能性が高い」

「フォール」はフランス語で、「強い、堅牢《けんろう》」といった意味とともに、「要塞」という意味を持つ。

「そのとおり」

指をあげて応じたアシュレイが、「これは」と説明する。

「別の裁判記録にあることだが、夫にないがしろにされたルフォール夫人は、当てつけに庭師と浮気する。——だが、すぐにそのことがフランソワにばれて、その庭師はクビになってしまった。——気の毒に、彼は利用されただけなんだが」

「なんとも、メロドラマのような展開ですね」

シモンが感想をはさむと、苦笑したアシュレイが、「メロドラマくらいなら可愛いが」

と教える。

「実際はというと、ルフォール家の人間を恨んだ庭師は、自分で調合した毒を媚薬と称してルフォール夫人に渡し、それを信じたルフォール夫人が、逢引に向かうフランソワに飲ませたんだ。――おそらく、夫が愛人を捨てて、自分のところに戻ってくるようにと願ってのことだろう」

「それは、なんとも皮肉な」

シモンの感想に、アシュレイも深々と賛同する。

「ああ。実にそのとおりで、彼は、永遠に戻らなかった。――これは、あくまでも俺の推測に過ぎないが、庭師が渡したのは、飲んでから効力が現れるまでに多少時間のかかる毒物だったんだろう。当時の庭師なら、それくらいお手のものだったはずだ」

「つまり、妻に毒を飲まされたあと、そうとは知らずに愛人との逢引に向かったフランソワは、この場所で息絶えたということか……」

シモンが、改めて周囲を見まわしながら、呟いた。そんなシモンの顔を、その身体をすり抜ける直前、彷徨う貴婦人が見つめる。

アシュレイが続けた。

「だが、醜聞を怖《おそ》れたルフォール家の人間は、そのことを隠すために地下迷宮の存在を秘密にし、フランソワは行方不明になったことにした。――その後、革命で、関係者がこの地を離れてからは、本当に、この場所については忘れ去られてしまったんだ」

「なるほどねえ」

ある意味、自業自得であるとはいえ、不運にも歴史の闇に封印されてしまった人間がいたのは、たしかだ。

さまざまな感慨に浸りながら、シモンは、埃の被《かぶ》ったグラスを見つめる。

ある意味、それらは時代の証人であり、もし、物に宿った記憶を読み取れる人間がいるとしたら、そこには、当時の真実がまざまざと映し出されることだろう。

シモンが、ふと思いついたように訊き返す。

「だけど、そうなると、彼と逢引をするはずだった愛人の女性はどうしたんでしょうね?」

「さあ」

それについては、片手を翻したアシュレイがなんとも冷たく返した。

「言っておくが、お前は、そうやって、なんでもかんでも俺から情報を引き出せると思っているようだが、俺はそこまで親切でない」

「ええ、よく知っていますよ」

シモンは応じるが、通常、種明かしを始めれば、それなりに調べたことを惜しげもなく披露してくれるアシュレイであれば、愛人については、本当に情報がないか、でなければ、隠しておきたいなにかがあるのだろう。

そして、他でもないアシュレイのことであれば、後者である可能性が高い。

シモンがアシュレイの真意を探るように見つめる前で、白骨死体のそばに立って、ずっと二人の会話を聞いていたユウリは、改めて死体を見おろし、そのボロボロになった服の上に手を置いて、そっと語りかけた。

「見つけましたよ、ムッシュウ・フランソワ・ルフォール。――来るのが遅くなって、ごめんなさい」

ただ、ユウリには、まだ疑問に思うことがある。

あの時、ユウリの部屋に来た彼は、たしかに出口を求めていた。

つまり、出口が見つかっていないのであれば、このあと、彼の遺体を丁寧に埋葬したところで、彼の魂が安らぐことはないだろう。

（……出口か）

アシュレイの話だと、この地下の空間は、あんがい単純な造りをしていて、子供の足でも半日あれば出られるはずだった。

事実、ジョエルとマルクは出られたのだ。

それなのに、なぜ大人で、しかも逢引の場所として日常的に使っていたフランソワが、出られずに彷徨っているのか。

ユウリが考え込んでいると、背後でシモンが言った。

「──あれ、この迷宮図って」

振り返ると、シモンが足下の迷宮図に懐中電灯を当てていて、なにやら真剣な表情で見つめている。

ややあって、疑問を投げかける。

「もしかして、出口が塞《ふさ》がれていませんか？」

その言葉に、アシュレイも上から迷宮図を照らした。

それまで薄暗さの中に埋没していた迷宮図にスポットライトがあたり、ややあってアシュレイが認めた。

「たしかに、この部分に、あとから線が足されていて、これだと、出口には辿り着けないな」

それから、すぐさま合点が行ったように呟いた。

「そうか、だからか」

ユウリも、アシュレイの言わんとしていることに気づいて、「もしかして」と訊く。

「そのせいで、フランソワは出口を見失っているんですか？」

「ああ。そう考えると、辻褄《つじつま》が合う。──奴の魂は、ただの地下の空間に過ぎないこの場所をれっきとした地下迷宮に仕立てている、この迷宮図に囚われているんだ」

「え、でも」

シモンが、眉をひそめて異を唱えた。

「こんな悪戯書《いたずらが》きのようなもので、魂を縛ることなんてできるんですかね？」

「できたんだろう」

答えたアシュレイが、「フランソワの」と、先ほど出し惜しみした情報を一つ提示する。

「愛人候補の一人は、『フィニエ夫人』といって、当時パリの社交界で名を馳せていた女占い師だ」

「女占い師」

それは、なんとも怪しげな職業と言わざるをえない。

そう思うシモンだが、「ノストラダムス」や「ルノルマン夫人」を始め、歴史上、その手の人物の登場は、男女合わせて相当数にのぼる。

アシュレイが、あとから描かれたと思われる歪んだ線を、つま先で蹴りながら続けた。

「彼女なら、迷宮図を使った愛の魔術くらい、お手のものだったろう。きっと、愛する男を妻のもとに帰らせないために、迷宮図の出口を塞いだんだ」

「けれど、それがとんでもない結末を生むわけですね」

シモンが言ったとたん、迷宮図の上を歩いていた貴婦人の足が止まった。

そのまま、嘆願するような瞳を向けられたユウリが、小さくうなずいて、迷宮図に近づいていく。

それに合わせ、シモンとアシュレイが、なにも言わずに迷宮図の上から退いた。

ユウリは、一人、迷宮図の中心に立つと、深く呼吸をして、いつもどおり、まずは四大精霊を呼び出す。

「火の精霊《サラマンドラ》、水の精霊《ウンディーネ》、風の精霊《シルフィード》、土の精霊《コボルト》。四元の大いなる力をもって、我を守り、願いを聞き入れたまえ」

とたん、迷宮図の上に漂い出てきた四つの光が、それぞれ好きなように迷宮図の中をぐるぐると回り始めた。

ただし、邪魔な一本の線のおかげで、彼らも、そこで滞る。

それを見つめながら、ユウリはさらに請願とその成就を祈った。

「一本の誤った線によって閉ざされた道を、開きたまえ。過ちを正し、迷宮の奥に囚われた魂が解放されますよう――、アダ　ギボル　レオラム　アドナイ！」

とたん。

パアッと。

滞っていた場所に四つの光が集結し、そこに引かれた線の前で輝きを増した。

その輝きが、どんどん、どんどん、まばゆいものになっていき、ついに――。

パアアッと弾《はじ》けて、よけいな線が掻《か》き消えた。

流れ出す光と魂――。

その瞬間、ユウリはたしかに、ロココ調の服を身にまとった紳士が、迷宮図から立ちあがって、通路のほうに出ていく姿を見た。

そのすぐ後ろを歩く貴婦人の姿も――。

だが、すべては一瞬のことで、真っ白な光が消え去ったあとには、懐中電灯に照らされた静かな空間が残される。

唯一、先ほどと違うのは、アシュレイがつま先で蹴っていた場所から、きれいに線が消えていたことだろう。

終わったのだ。

あとは、シモンにお願いして、ソファーに座ったままの亡骸《なきがら》を、きちんと埋葬してあげればいいはずだ。

ホッとしたユウリは、ふとソファーの足下でなにかが光るのを目にして、歩み寄る。

辿り着いたところで頭をさげてさかさまに覗《のぞ》き込《こ》むと、暗がりに耳飾りが一つ、落ちているのが見えた。

アンティークの耳飾りで、中心で梨形のダイヤモンドが輝いている。

(――これ)

拾い上げたユウリは、手のひらで握り込む。

ユウリのやることを見ていたシモンが、一度アシュレイと視線をかわしてから、近づいてきて声をかける。

「ユウリ、どうかしたのかい？」

「あ、ううん」

振り返ったユウリを水色の瞳で優しく見おろし、シモンが確認する。

「すべて終わったんだろう？」

「こっちは終わったよ。——ただ、遅まきながら、貴婦人の捜しものを見つけたんだ」

言いながら手を開いて耳飾りを見せると、シモンが軽く目を見開いて応じる。

「耳飾り？」

「うん。彼女、これと同じものをしていたから」

「ふうん」

だが、その彼女は、フランソワと一緒に去ってしまった。

きっと、彼女が本当に捜していたのは、耳飾りではなかったのだろう。

おそらくだが、当時、彼女はいつもどおりここに来て、フランソワの死体を見つけたに違いない。

だが、彼女にしても、醜聞を怖れ、妻たち同様口をつぐむことにした。

そうして、人生を全《まっと》うした彼女であったが、自分が死んだあとも、ここに残してきた彼のことが気になっていたのだろう。

それで、幽霊となって出没した。

あるものを、見つけてほしくて――。

だから、大切なものが見つかった今、耳飾りが一つだけでも、彼女は満足しているはずだ。

そこで、ユウリがシモンを見あげて提案する。

「あのさ、シモン。この耳飾り、フランソワの遺体と一緒に埋葬してくれる？」

「もちろん、いいけど」

シモンが耳飾りを摘《つ》まみ上《あ》げ、おおよその金額を査定してからユウリに向かって言う。

「君って本当に欲のない人間だね」

なにせ、片方だけとはいえオークションに出せば、一財産を築けるくらいの代物だ。

それを思うと、その貴婦人は、ユウリへのお礼として、わざとこの耳飾りを残していった可能性もあるだろう。

だが、説明したところで、ユウリが受け取らないのは、シモンにはよくわかっている。

と、その時。

背後のリュカが目覚めて声をあげたため、彼らは、いったん会話を切り上げ、ひとまずこの地下の空間から脱出することにした。

終章

爽《さわ》やかな秋晴れとなったその日。

ロワールの城では、「諸聖人の日《トゥーサン》」の例祭が滞りなく行われた。

無事に直系長子としての役目を終えたシモンも、夕方には重圧から解放され、ユウリと二人で遅いアフタヌーン・ティーを楽しむことができた。

そこで告げられた事実に、ユウリが驚きの声をあげる。

「え、フランソワ・ルフォールの直系の子孫って、シモンのお母さんなの？」

「うん《ウィ》」

ソファーにゆったりとくつろいで座ったシモンが、紅茶を飲みながら教える。

「結局、フランソワの子供は女の子だけだったから、家督はフランソワの失踪《しっそう》後に爵位を継いだ弟の家系に移ったんだけど、その女の子の家系が脈々と続き、戦後になって母が生まれたんだよ」

「へえ」

感心したように応じたユウリが、少し考えてから訊《き》く。

「ということは、アシュレイが話していた時禱書《じとうしょ》は、シモンのお母さんのものになったんだ?」

「――いや」

そこで、苦笑したシモンが、紅茶のカップを置いて言う。

「そこは、あのアシュレイだからね。最初から、わが家に時禱書を渡す気はなかったようで、今回、フランソワ・ルフォールを見つけた報酬として、ポトマック家宛《あ》てに、時禱書の譲渡証明書を出すように指示してきた」

「譲渡証明書?」

「うん。――ちなみに、ポトマック家というのは、フレイザー家の遺産を受け継いだお婆《ばあ》さんの嫁ぎ先で」

「あ、それって」

思い至ったユウリが、両手の人差し指を振って応じる。

「例の気の毒なお婆さん!」

「そう」

うなずいたシモンが、「アシュレイ曰《いわ》く」と告げる。

「長い年月、わが家になかったものであれば、それはわが家の財産とはいえず、彼独自の見解によると、今さら時禱書の一つや二つ増えたところで、さしたるありがたみもないだろう、ということだった。――うちにしてみれば、そんなこともないんだけど、それに比べ、長らくあの時禱書を持っていたポトマック家では、それを『家宝』とまで言って大切にしているという事実を鑑《かんが》みれば、どちらの家にあったほうが、当の時禱書にとって幸せかは、推して知るべしだと」

「……たしかに」

呟《つぶや》いたユウリを水色の瞳《ひとみ》で見やり、シモンが小さく肩をすくめて続ける。

「まあ、父と母にそのことを話したら、彼らもアシュレイの提案に対し、特に異存はないということだったので、今回は、譲渡証明書を渡すことにしたんだ」

「それは、いいことをしたと思う」

嬉《うれ》しそうに言ったユウリが、「でも」と首を傾《かし》げる。

「それだと、今回の件で、アシュレイが得をすることはない気がするんだけど」

譲渡証明書を手にしたところで、その時禱書がポトマック家のもとに戻るだけの話である。

だが、おのれの利益にならないことには、いっさい手を出さない人間だ。

少なくとも、「ボランティア」などは、逆立ちしてもしないはずなのに、いったいどういう風の吹きまわしか。

シモンにしても、とっくにそのことは考えていたらしく、「そうなんだけどね」と水色の瞳を皮肉げに細めて言う。

「僕もそれが気になって、ちょっと調べてみたら、フレイザー家というのは、実はあんがい曲者《くせもの》が多い家系らしく、中には、錬金術師や魔術書の作成に関《かか》わっているようなご先祖様もいた」

「へえ、魔術書ねぇ」

それは、まさにアシュレイの得意とするところである。

シモンが、「だとすると」と邪推する。

「ポトマック家が相続したフレイザー家の遺産の中には、アシュレイの気を惹《ひ》くものがあって、今回、彼らに恩を売ることで、そっちを手に入れようと算段している可能性は否定できない。――ただ、もちろん、それがなんであるかは、謎《なぞ》だけど」

「なるほどねえ」

穿《うが》った意見に納得したユウリが、付け足した。

「まあ、アシュレイは、いつだってアシュレイだからね」

それくらいの損得勘定はするだろう。

むしろ、そうでないほうが、恐ろしいくらいだ。

そこで、アシュレイの話題はそれくらいにして、彼らは、早々とクリスマスの予定についてしゃべり始めた。

一年が経《た》つのは、あっという間だ。

そんな彼らのいる書斎の窓からは、郷愁を誘う肌寒い風が吹き込み、秋の深まりを感じさせた。

あとがき

暑いです。

とろけるような甘さ――ならぬ、暑さです。

フランスでは六月に四十五度を超える暑さとなり、熱中症による死者も出ているということでしたが、ベルジュ家の人々は無事に暮らしているでしょうかねえ。みなさんのお手元にこの本が渡る頃には、さわやかな秋風が吹き、「やれ、読書でもしようかな」と思えるような日々になっているといいのですが……。

ご挨拶が遅れましたが、こんにちは、篠原《しのはら》美季《みき》です。

今回は、ロワールを舞台とするハロウィーンの物語をお届けしましたが、いかがでしたでしょう。前回のあとがきで、十月にサイン会イベントを行うと告知したので、それに合わせ、ハロウィーンの要素が満載の物語にしたいと思い、出来上がったお話です。

ただ、なんと言っても、今回の目玉の一つは、初登場のクリスでしょう。

これまで、クリスについてはなんとなく描写するのを避けてきましたが、今回、ふいに冒頭の場面を追加したくなり、書いてみたら、まあ、なんともユウリらしいお兄さんとしての一面が見られて、私も嬉しくなりました♪

シモン、新たなライバル登場ですね。

そんな中、お気づきの方も多いと思いますが、「ハロウィーン」の表記について、「ハロウィーン」と「ハロウィン」の二つが混在しています。これには訳があり、このシリーズで、私は何度も万聖節を題材にしていて、その時すでに「ハロウィーン」の表記を使用していたため、今回も、校閲の方からはきちんとその旨をご指摘いただいたのですが、それを担当編集者と話し合った際、「ハロウィン・メイズ」を「ハロウィーン・メイズ」にしてしまうと、なんだかすごく間延びした、言ってみれば、アメリカの軽薄そうな司会者がマイクを持ってタイトルコールをしているような響きになってしまって嫌だねということで意見が一致し、結果、祭事としての万聖節は「ハロウィーン」で統一し、ベルジュ家に造られた迷路については「ハロウィン・メイズ」にしようということに相成りました。

なので、これは表記の統一に失敗した結果ではなく、意図的なものです。

かように、出版社によって刊行される本というのは、第三者の手で細部に至るまで入念にチェックされ、より完璧に近いものを皆様にお届けしています。些細なことのようですが、看板のもと、手間暇をかけて生み出された商品には、それ相応の価値があると思っています。

そういったことを実感したのが、先日、ある有名ブランドの鞄《かばん》を修理に出した時でした。

私はあまりブランド品に興味がなく、基本持っていないのですが、その鞄は、以前フランスに行く機会があった時、たまたまセールの時期にあたったため、せっかくだから記念にと購入したものでした。バックスキンの生地に色とりどりの革で模様が描かれた大きなもので、ジムに行くのに手頃で持ち歩いていたら、なんだかんだ内側の生地が破れてボロボロになってしまい、この十年くらいは、そのまま箪笥《たんす》の奥にしまわれていました。

それを、最近、整理整頓に目覚めて整理し、捨てることを決意したら、ジムで親しくなったブランド品に詳しい人から、「捨てるなんて、もったいない。お店に持っていけば、絶対に直してくれるし、ブランド品の古い型にはプレミアが付くくらいだから、絶対に捨てないほうがいい」と説得され、首をかしげつつ、近くの支店に持って行きました。

すると、たしかにお金はそれなりにかかりましたが、丁寧に修理してくれて、お店の人にも「捨てたらもったいないですよ」と諭されました。本来は、代を超えて長く使ってもらうものだそうで、手入れをされ、美しくなって戻ってきた鞄を、これから大切にしようと思うと同時に、ブランド品に対する見方が少し変わりました。

ブランドとは、その看板にかけて、長く愛される一流品を提供しているのだという、その自負に価値があるんですね。逆に、そうではないブランド品は、本当の意味での「ブランド品」ではないのでしょう。

それまでの自分の感覚だと、服も鞄も靴も、古くなったら捨てる――でした。逆に言うと、直しに出してまで使い続けたいものがなかったということです。私の箪笥に無駄な服が多いのは、そのせいかもしれません。手入れをしてまで身につけたいと思う一流品に触れて来なかった。

もちろん、分不相応にブランド品を持つ必要はありませんが、一流のものに触れるという機会を自ら遠ざけると、やはりセンスという点でじわじわと劣っていき、時間とともに形成される私という個に多大なる影響を与えるのは間違いないようです。

しかも、この「じわじわと」というのが、ポイントなんですよ。

恐ろしいことに、十代、二十代の頃にそれと知らずに選択してきた結果が、三十代半ばくらいになって、自分と他者を明らかに隔てることになる。それは、日用品に限らず、口にする食べ物や、目にする、耳にするすべてのものに共通して言えることです。

百均は便利ですが、それにどっぷり浸《つ》かっていると、百均センスの人になってしまいます。だからといって、百均をスルーできるほど優雅な生活は私も送っていないので、偉そうなことは言えませんが、百均を上手く活用しつつも、「これだけは」というものは時間をかけてでも、一流品を取り入れていくのがいいのかもしれません。

雑誌などでそういうものを見ていると、時々、手の届かない自分が悲しくなったりもしますけど、「うわあ、いいなあ、これ、欲しいなあ」と感動しながらそういうものに触れていると、十年後にはその生活に追いつく——という啓蒙的《けいもうてき》な言葉もよく耳にするし、私もがんばってシモン的生活に近づくと同時に、作家的ブランドという意味で、大切に読み継がれる小説を目指して日々精進しようっと♪　へへ。

なーんて、個人的見解はさておき、参考文献です。いつもながら良書の数々に感謝するとともに、ここにタイトルをあげることで御礼の代わりとさせていただきます。

【参考文献】

・『迷宮の神話学』　ヘルムート・ヤスコルスキー著　城眞一訳　青土社
・『迷宮学入門』　和泉雅人著　講談社現代新書
・『庭園のコスモロジー　描かれたイメージと記憶』　小林頼子著　青土社

最後になりましたが、今回も素敵なイラストを描いてくださったかわいい千草《ちぐさ》先生、そして、この本を手に取ってくださった皆様に多大なる感謝を捧げます。

では、次回作でお目にかかれることを祈って——。

日照りの続く八月に

篠原美季　拝

『ハロウィン・メイズ～ロワールの異邦人～　欧州妖異譚23』、いかがでしたか？
篠原《しのはら》美季《みき》先生、イラストのかわい千草《ちぐさ》先生への、みなさまのお便りをお待ちしております。

篠原美季先生のファンレターのあて先
〒112-8001　東京都文京区音羽2-12-21　講談社　文芸第三出版部「篠原美季先生」係
かわい千草先生のファンレターのあて先
〒112-8001　東京都文京区音羽2-12-21　講談社　文芸第三出版部「かわい千草先生」係

N.D.C.913　254p　14cm

篠原美季（しのはら・みき）

講談社X文庫

４月９日生まれ、B型。横浜市在住。
茶道とパワーストーンに心を癒やされつつ
相変わらずジム通いもかかさない。
日々是好日実践中。

white heart

ハロウィン・メイズ～ロワールの異邦人《いほうじん》～　欧州妖異譚《おうしゅうようういたん》23

篠原美季《しのはらみき》

●

2019年10月３日　第１刷発行

定価はカバーに表示してあります。

発行者――渡瀬昌彦
発行所――株式会社 講談社
東京都文京区音羽2-12-21 〒112-8001
電話 編集 03-5395-3507
販売 03-5395-5817
業務 03-5395-3615
本文印刷－豊国印刷株式会社
製本――株式会社国宝社
カバー印刷－信毎書籍印刷株式会社
本文データ制作－講談社デジタル製作
デザイン－山口　馨

ISBN978-4-06-517481-4